# A DAMA DAS CAMÉLIAS

Tradução e adaptação
# WALCYR CARRASCO

# A DAMA
# DAS CAMÉLIAS

## ALEXANDRE DUMAS FILHO

2ª edição revista
São Paulo

Ilustrações
WEBERSON SANTIAGO

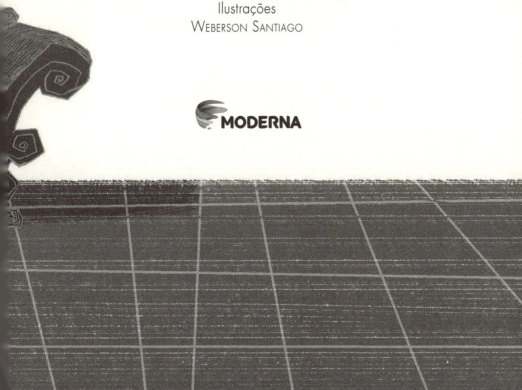

MODERNA

© WALCYR CARRASCO, 2012
1ª EDIÇÃO 2003

COORDENAÇÃO EDITORIAL Maristela Petrili de Almeida Leite
EDIÇÃO DE TEXTO Carolina Leite de Souza
COORDENAÇÃO DE PRODUÇÃO GRÁFICA Dalva Fumiko
COORDENAÇÃO DE REVISÃO Elaine Cristina del Nero
REVISÃO Maristela Santos Carrasco, Sandra Garcia Cortes
COORDENAÇÃO DE EDIÇÃO DE ARTE Camila Fiorenza
PROJETO GRÁFICO Camila Fiorenza
ILUSTRAÇÕES DE CAPA E MIOLO Weberson Santiago
DIAGRAMAÇÃO Cristina Uetake, Vitória Sousa
PESQUISA ICONOGRÁFICA Carol Böck, Mariana Veloso,
Flávia Aline de Morais e Carlos Luvizari
COORDENAÇÃO DE *BUREAU* Américo Jesus
TRATAMENTO DE IMAGENS Fábio N. Precendo
PRÉ-IMPRESSÃO Alexandre Petreca, Everton L. de Oliveira Silva,
Helio P. de Souza Filho, Marcio Hideyuki Kamoto
COORDENAÇÃO DE PRODUÇÃO INDUSTRIAL Wilson Aparecido Troque
IMPRESSÃO E ACABAMENTO Log&Print Gráfica, Dados Variáveis e Logística S.A.
CÓDIGO 12080365
LOTE 797316

A TRADUÇÃO FOI BASEADA NA EDIÇÃO:
TÍTULO ORIGINAL: *LA DAME AUX CAMÉLIAS*, CLASSIQUE DE POCHE,
TEXTO INTEGRAL, LIBRAIRIE DE FRANCE, 1983.

**Dados Internacionais de Catalogação na Publicação (CIP)**
**(Câmara Brasileira do Livro, SP, Brasil)**

Carrasco, Walcyr
  A dama das Camélias / Alexandre Dumas Filho ;
tradução e adaptação Walcyr Carrasco; ilustrações
Weberson Santiago. – 2. ed. rev. – São Paulo :
Moderna, 2012. — (Seerie clássicos universais)

  Título original: La Dame aux Camélias.
  ISBN 978-85-16-08036-5

  1. Ficção – Literatura infantojuvenil I. Dumas
Filho, Alexandre, 1824-1876. II. Santiago, Weberson.
III. Título. IV. Série.

12-06581                                    CDD-028.5

**Índices para catálogo sistemático:**
1. Ficção : Literatura infantojuvenil  028.5
2. Ficção : Literatura juvenil  028.5

Reprodução proibida. Art.184 do Código Penal e Lei 9.610 de 19 de fevereiro de 1998.

*Todos os direitos reservados*

**EDITORA MODERNA LTDA.**
Rua Padre Adelino, 758 - Quarta Parada
São Paulo - SP - Brasil - CEP 03303-904
Vendas e Atendimento: Tel. (11) 2790-1300
www.moderna.com.br
2025
*Impresso no Brasil*

Para Ana Maria, que sempre sonha,
em lembrança de nossos belos sentimentos na juventude.

# Sumário

*A Dama das Camélias* – Marisa Lajolo, 11
Uma história moral – Walcyr Carrasco, 28

**1** – O leilão, 31
**2** – A carta de Marguerite, 38
**3** – O encontro com Marguerite, 51
**4** – Marguerite e Armand, 61
**5** – Quando a camélia mudar de cor, 68
**6** – Um suor gelado na testa, 81
**7** – Malas desfeitas, 87
**8** – O preço do amor, 92
**9** – Uma vida sem luxos, 104
**10** – A vingança, 118
**11** – A revelação, 132
**12** – A volta de Armand, 139

Por que amo *A Dama das Camélias* – Walcyr Carrasco, 142
Quem foi Alexandre Dumas Filho, 147
Quem é Walcyr Carrasco, 149

# A DAMA DAS CAMÉLIAS

*Marisa Lajolo*

## A história da história

*A Dama das Camélias* é uma história que tem muita história por trás.

Como assim, *história da história?*

Assim: publicado na França em 1848, o romance foi um sucesso tão grande, que seu autor — Alexandre Dumas Fils —, quatro anos depois de sair o livro (em 1852), transformou-o em peça de teatro. Novo sucesso. Sucesso tão grande que, no ano seguinte (1853), o compositor italiano Giuseppe Verdi transformou a história em uma ópera que, de novo, entusiasmou todas as plateias. Na segunda metade do século XIX, teatro e ópera eram espetáculos que atraíam muito público.

No século XX, a história migrou para as telas e teve grandes artistas e diretores envolvidos: Rodolfo Valentino, Greta Garbo, Robert Taylor. Das telas grandes do cinema para as telas pequenas da TV, novas versões da história: em 1972, Glória Menezes deixou os espectadores fascinados pela história de Marguerite Gautier, que ela representou num *Caso Especial*, adaptação de Gilberto Braga do clássico francês.

Como se vê — desde seu surgimento —, a história teve várias adaptações. Para o teatro, para ópera, para o cinema e para a TV. Na Europa, na América do Norte e no Brasil.

Esta é a história da história que agora você vai ler nesta bela tradução/adaptação de Walcyr Carrasco, que está em suas mãos.

## O autor de *A Dama das Camélias*

Alexandre Dumas Fils (1824-1895), que escreveu o livro, era francês e tem uma história de vida bastante interessante. Em alguns aspectos, sua biografia parece um romance. Era filho ilegítimo, ao tempo em que isso marcava desfavoravelmente uma pessoa. Seu pai era um escritor famosíssimo — Alexandre Dumas, autor de *best sellers* como *Os três mosqueteiros* (1844) e *O conde de Monte Cristo* (1845). Embora o filho tenha o mesmo nome do pai (e por isso use o *Fils* [filho em francês] para diferenciá-lo), algumas biografias contam que as relações entre ambos eram tensas.

A família *Dumas* era mestiça.

Figurava entre seus ancestrais uma africana: Marie Cesette Dumas, bisavó de Dumas Fils, isto é, a avó de Alexandre Dumas. O Haiti foi uma colônia francesa e o bisavô de nosso autor foi funcionário da administração colonial. O sobrenome *Dumas* vem dessa bisavó: parece que o bisavô do autor de *A Dama das Camélias*, o Marquês de La Pailletrie, não quis que seu filho com a haitiana usasse o sobrenome da sua aristocrática família francesa.

## Romances franceses no Brasil oitocentista

O romance *A Dama das Camélias* foi um sucesso também no Brasil.

No século XIX, saber falar e ler em francês era marca de distinção. Por isso, muitos brasileiros e brasileiras aprendiam essa língua na escola ou com professores particulares. E liam livros franceses. Mas como nem todos podiam ler os romances da moda no original, os livros também eram traduzidos. Como acontece ainda hoje com *best sellers*.

O público já gostava muito de ler romances naquela época. Jornais cariocas da década de sessenta do século XIX anunciavam tais obras, que chegavam da Europa por navios. Os livros ficavam à espera de compradores ou em livrarias, ou em lojas que vendiam de um tudo: de chá e bengalas a livros e revistas! Também bibliotecas e gabinetes de leitura de diferentes pontos do Brasil dispunham do livro que contava esta história que tinha apaixonado leitores e plateias na Europa.

Quem sabe sua tatara tatara tatara avó não leu *A Dama das Camélias* quando era mocinha?

É bem possível...

E quem sabe você — lendo o livro agora — vai conhecer melhor os valores e o imaginário que povoavam a cabeça de moços e moças de antigamente?

Com certeza vai!

## As artimanhas do narrador

O nome do livro *A Dama das Camélias* vem da forma como era conhecida Marguerite Gautier, protagonista da história. Cercada de camélias — ora brancas, ora vermelhas — a moça deslumbrava homens, jovens e velhos, ricos e pobres, que pelos favores de Marguerite faziam qualquer coisa: rompiam com a família, dissipavam fortunas, esqueciam suas noivas e namoradas.

A Dama das Camélias

Ou seja, Marguerite Gautier era uma *cortesã*, palavra que no português da época denominava mulheres que se prostituíam, vendendo sexo em ambientes chiques.

É a história dela e de alguns de seus amantes que o livro expõe.

E como é que o livro conta a história?

Conta de uma forma sofisticada e inteligente, admiravelmente recriada por Walcyr Carrasco nesta versão.

Narrada em *flashback*, isto é, de trás para a frente, a narrativa deixa o leitor em suspense para saber os antecedentes do que o enredo revela como se fosse *em tempo real*: por que Marguerite se prostituiu? Como Armand Duval apaixonou-se por ela? Como a família dele reagiu a esse amor do rapaz? Como o duque que a sustentava lidava com a inconstância de Marguerite? Como a sociedade francesa tratava mulheres como Marguerite?

Para primeiro criar e depois satisfazer a esta curiosidade dos leitores, a história é narrada por diferentes vozes, orquestradas por um narrador. Esse narrador, que não tem nome, em constante diálogo com o leitor, faz com que este se sinta testemunha da história, que fica conhecendo pela voz de pessoas que a viveram: o narrador transcreve cartas trocadas entre as personagens, diários deixados por elas e longas conversas com Armand Duval, o grande apaixonado por Marguerite. Nessa constante alternância de discursos, a voz do narrador vai levando o leitor de uma para outra voz narrativa, o que torna a leitura mais movimentada.

Outro pilar da estrutura do romance são as personagens que, de duas em duas, parecem representar lados opostos do comportamento humano. Se Marguerite é a antítese de Blanche (a irmã de Armand), ela também se opõe a Olympia; da mesma forma, a oposição entre personagens modeladas por padrões de classes sociais menos privilegiadas (Prudence de Julie) também traz para o romance comportamentos e valores contrários entre si...

## Livros no livro e verossimilhança

Neste livro que conta a história de Marguerite Gautier, figuram outros livros. O enredo, na realidade, é deflagrado por um livro: o romance *Manon Lescault*, que — ficamos sabendo logo no comecinho da história — pertencia à protagonista.

*Manon Lescault* é um romance francês publicado em 1731 por Abbé Prevost, cuja protagonista — como Marguerite — era uma prostituta. Também como a obra de Dumas Fils, o romance de Prevost foi muito popular. Foi reescrito em diferentes linguagens, como a ópera e o *ballet*.

Assim, a história de Dumas Fils entrelaça livros, num procedimento que, por assim dizer, "homenageia" o leitor, supondo-o capaz de perceber a alusão. Essa referência a um livro no enredo de outro é o que se chama de *intertextualidade*, isto é, um procedimento que faz o leitor viajar *entre textos*.

Detalhe curioso e sofisticado no livro de Dumas Fils é que, nele, Manon Lescault — personagem de papel e tinta que protagoniza o romance homônimo — age como se fosse uma pessoa de carne e osso ao dedicar o romance em que "conta" sua vida à protagonista do outro livro.

Com esse recurso, talvez se reforce — para o leitor, sobretudo o leitor dos primeiros momentos da história da leitura de romances — a sensação de que vida e literatura são intercomunicantes, que os fatos que os romances contam pode acontecer na vida real e, reciprocamente, que a vida real pode imitar o que se passa nas páginas dos romances.

Se pensarmos no comportamento de alguns telespectadores contemporâneos de novelas, vemos que não apenas as primeiras gerações de leitores de romances confundiam vida e arte, não é mesmo?

No caso do romance *A Dama das Camélias*, a confusão parece intencionalmente fabricada pela voz do próprio narrador, que inúmeras vezes parece dar provas da veracidade do que conta. Cita lugares que realmente existem e que eram considerados chiques e *da moda* quando o romance foi publicado! E, percorrendo toda a história, a assustadora sombra da tuberculose traz para as páginas do livro a doença que matava muita gente, numa época sem muitos remédios, quando doenças eram tratadas em *estações de águas*. E, para confundir tudo mais ainda, pesquisadores acreditam que a personagem de Marguerite Gautier teria sido inspirada por Marie Duplessis que, efetivamente, parece ter sido amante do escritor Dumas Fils.

Esse procedimento de *livros nos livros* atravessa o oceano. No belo romance *Lucíola*, de José de Alencar, a protagonista Lúcia lê *A Dama das Camélias* e discute a história da heroína francesa.

## A atualidade de *A Dama das Camélias*

No ano de lançamento desta nova reescritura da obra-prima de Dumas Fils (2012), a questão maior que o livro aborda continua atual.

Nossa sociedade discute de vários pontos de vista os limites da ética e debate as causas da prostituição. A hipocrisia social é assunto da mídia e discussões dos valores envolvidos nestas questões chegam às famílias e às escolas.

Em 2001, com os recursos e *glamour* do cinema contemporâneo, o musical *Moulin Rouge* (com Nicole Kidman e Ewan Mcgregor) retomou o conflito central da história, ao pôr em cena uma prostituta — também doente, como Marguerite — cujos favores/amores são disputados por diferentes figuras masculinas.

Tudo isso parece confirmar a atualidade deste romance de Dumas Fils, que, nas mãos de Walcyr Carrasco, sai renovado e que, com certeza, vai encontrar leitores tão interessados como todos aqueles que há mais de um século vêm se comovendo com a história da moça que veio do campo e se prostituiu na cidade grande.

# Linha do tempo
## *A Dama das Camélias*, de Alexandre Dumas Fils

**Marisa Lajolo**
**Luciana Ribeiro**

| | |
|---|---|
| 1731 | Publicação do romance *Manon Lescault*, de Abbé Prévost. |
| 1824 | Nascimento de Alexandre Dumas Fils. |
| 1848 | Publicação do romance *A Dama das Camélias*. |
| 1852 | Publicação da peça *A Dama das Camélias*. |
| 1852-1855 | Circulação, a partir do Rio de Janeiro, do *Jornal das Senhoras*. Periódico semanal que publicava, em folhetins, o romance *A Dama das Camélias*. |
| 1853 | Composição e apresentação de *La Traviata*, ópera de Giuseppe Verdi inspirada em *A Dama das Camélias*. |
| 1862 | Publicação de *Lucíola*, de José de Alencar, cuja heroína – que dá nome ao livro – lê o romance *A Dama das Camélias*. |
| 1886 | Apresentação, no Rio de Janeiro, da peça *A Dama das Camélias*, com a atriz francesa Sara Bernhardt no papel-título. |
| 1895 | Falecimento de Alexandre Dumas Fils. |
| 1907 | Adaptação de *A Dama das Camélias* para o cinema, por Viggo Larsen. |
| 1912 | Sarah Bernhardt protagoniza o filme *A Dama das Camélias*. |
| 1936 | Nova adaptação de *A Dama das Camélias* para o cinema, com Greta Garbo no papel-título. |
| 1938 | Adaptação de *A Dama das Camélias* para cordel pelo poeta João de Athayde. |
| 1939 | Gravação por Francisco Alves da marchinha de carnaval "A Dama das Camélias", de autoria de João de Barro e Alcir Pires Vermelho. |

# A Dama das Camélias

| | |
|---|---|
| 1951 | Tradução brasileira de *A Dama das Camélias*, por Gilda de Mello e Souza, sob encomenda do Teatro Brasileiro de Comédia (TBC) e levada à cena no Teatro Municipal de São Paulo em 6 de novembro. |
| 1956 | Tradução e adaptação de *A Dama das Camélias*, de Hermilo Borba Filho, é levada à cena sob direção de Ruggero Jacobbi, com Dercy Gonçalves no papel principal. |
| 1973 | Adaptação de Gilberto Braga de *A Dama das Camélias* para o programa *Caso Especial*, exibido pela Rede Globo. Episódio protagonizado por Glória Menezes. |
| 2002 | Tradução e adaptação de *A Dama das Camélias* por Carlos Heitor Cony. |
| 2004 | Nova adaptação de *A Dama das Camélias* para cordel pelo poeta Evaristo Geraldo. |
| 2008 | Adaptação de *A Dama das Camélias* para quadrinhos (Marcel Gotlib e Alexis, trad. de Dorothée de Bruchard), publicada na Revista *Piauí*. |
| 2011 (out) | Com coreografia criada por Frederick Ashton em 1963, a dançarina Ana Botafogo encena o espetáculo de balé Marguerite e Armand, adaptação de *A Dama das Camélias*. |

**Referências:**

http://pt.wikipedia.org/wiki/Jornal_das_Senhoras (acesso em 15/maio/2012)

http://www.canaldaimprensa.com.br/canalant/debate/decedicao/debate1.htm (acesso em 15/maio/2012)

http://content.lib.washington.edu/cdm4/item_viewer.php?CISOROOT=/sayrepublic&CISOPTR=6968&CISOBOX=1&REC=9 (acesso em 15/maio/2012)

http://www.unemat.br/revistas/ecos/docs/v_10/53_Pag_Revista_Ecos_V-10_N-01_A-2011.pdf (acesso em 15/maio/2012)

http://www.scielo.br/scielo.php?script=sci_arttext&pid=S0104-71832004000200008 (acesso em 15/maio/2012)

# PAINEL DE IMAGENS

Retrato de Alexandre Dumas Filho, s/d.

Retrato de Alexandre Dumas (pai), s/d.

Representação de cenas do dia a dia de uma cortesã, litografia francesa de autor desconhecido, aproximadamente 1880.

Primeira página de edição de 1753 do romance *Manon Lescaut*, de Abbé Prévost, originalmente publicado em 1731.

Páginas iniciais de edição em francês de *A Dama das Camélias*, aproximadamente 1890/95.

Pôster de divulgação da peça *A Dama das Camélias*, estrelada por Sarah Bernhardt. Cartaz elaborado por Alphonse Mucha, 1896.

Versão de pôster da peça *A Dama das Camélias*, com Sarah Bernhardt no papel principal, elaborada por Alphonse Mucha para turnê de despedida nos Estados Unidos, 1905/06.

Pôster da première no Teatro La Fenice, em Veneza, da ópera *La traviata*, cujo autor Giuseppe Verdi se baseou em *A Dama das Camélias* para sua composição, 1853.

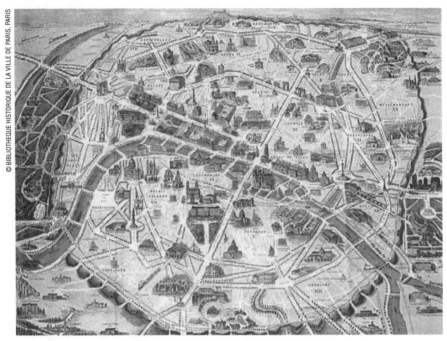

Mapa da cidade de Paris, 1882.

Cena de rua parisiense em que se pode notar as diferenças sociais à época de *A Dama das Camélias*. Litografia de Charles Joseph Hullmandel, 1817/22.

Retrato de Marie Duplessis, cortesã francesa que teria inspirado o romance *A Dama das Camélias*. Reprodução a partir de pintura de Édouard Viénot, s/d.

Cena da adaptação norte-americana para o cinema de *A Dama das Camélias*, com Greta Garbo e Robert Taylor nos papéis principais. Direção de George Cukor, 1936.

Cartaz em francês da adaptação cinematográfica do romance de Alexandre Dumas Filho estrelada por Greta Garbo e Robert Taylor, 1956.

Dary Reis e Dercy Gonçalves em cena da peça *A Dama das Camélias*, com direção de Ruggero Jacobbi, 1956.

Capa de adaptação de *A Dama das Camélias* para cordel pelo poeta Evaristo Geraldo, 2004.

Ana Botafogo em ensaio no Estúdio Cisne Negro, na Vila Mariana. A bailarina esteve em São Paulo para apresentar a peça *Marguerite e Armand*, em comemoração aos seus 35 anos de carreira, 20/09/2011.

# UMA HISTÓRIA MORAL
*Walcyr Carrasco*

Conhecido no mundo inteiro por sua versão teatral, o romance *A Dama das Camélias*, de Alexandre Dumas Filho, foi publicado inicialmente em 1848 e levado ao palco em 1852.

O livro *A Dama das Camélias* foi um sucesso imediato. A personagem principal, inspirada em uma mulher real, até hoje exerce fascínio em todo o mundo. No fundo, é um livro moral, apesar da temática ousada ainda para os dias de hoje. A personagem não tem máscaras. Vive à custa de homens. Mas é transformada pelo amor. Com um sentimento verdadeiro, encontra forças interiores para se redimir como pessoa. Segundo o próprio autor, Alexandre Dumas Filho, trata-se no fundo de uma versão da parábola do filho pródigo que, após uma vida de dissipação, é recebido e perdoado. A discussão moral e ética do livro é, enfim, resumida pelo sentimento do autor, que norteia todo o romance: se Jesus perdoou Maria Madalena, por que não podemos nós perdoar as mulheres como ela? Assim, é uma história que procura despertar o mais profundo sentimento de amor ao próximo. É fácil aplaudir quem age bem. O difícil é aceitar quem erra e acreditar na transformação interior.

A personagem inspirou também o compositor Giuseppe Verdi, que, em 1853, compôs a ópera *La Traviata*, até hoje encenada em todo o mundo. O tema também encantou um autor brasileiro, José de Alencar, que em sua obra clássica, *Lucíola*, retrata a trajetória de uma jovem entregue à vida mundana.

É, acima de tudo, uma grande história de amor. Para cada um se emocionar, refletir e também para conhecer a vida da alta sociedade parisiense no século XIX.

# 1
# O LEILÃO

Acredito que ninguém pode criar personagens sem estudar os homens, assim como não se pode falar uma língua sem tê-la aprendido. Como ainda não tenho idade para inventar, eu me contento em contar. Garanto que todas as personagens desta história são verdadeiras. Com exceção da heroína, todas ainda vivem. Devido às circunstâncias, só eu podia escrevê-la. Fui o único a tomar conhecimento de todos os detalhes.

Tudo começou quando vi o cartaz com o anúncio de um leilão de móveis e de objetos de luxo, que deveria ocorrer no dia 16 de março de 1847, na rua d'Antin, número 9, do meio-dia às cinco horas da tarde. Era o leilão dos bens de uma pessoa falecida, para pagar as dívidas que deixara. Segundo o anúncio, nos dias 14 e 15 seria possível visitar o apartamento para apreciar os móveis e objetos a serem vendidos. Sempre fui curioso. No dia seguinte, fui ao endereço anunciado. Notei a presença de algumas senhoras com elegantes vestidos de veludo, espantadas com o luxo do local. Logo compreendi o motivo. O apartamento pertencera a uma dessas mulheres sustentadas por homens. Uma cortesã.

Mobília requintada. Móveis de pau-rosa, vasos de fina porcelana de Sèvres, revestimentos em cetim, veludo e rendas. No quarto, havia um enorme toucador repleto de objetos de ouro e prata. Pensei comigo mesmo: Deus fora bondoso com a moça, pois não permitiu que chegasse à velhice. A idade costuma ser o castigo das cortesãs. Pois, além de perderem a beleza, frequentemente perdem o dinheiro. E com ele qualquer resto de dignidade. Refleti sobre esse tema ao contemplar as riquezas deixadas pela morta. Um guarda me vigiava da porta. Certamente para certificar-se de que eu não pretendia roubar alguma coisa. Aproximei-me.

— Por gentileza, como se chamava a moradora? — perguntei.

— Marguerite Gautier.

Eu a conhecia de vista. Surpreendi-me.

— Morreu?

A Dama das Camélias

— Há três semanas.

— Qual o motivo do leilão? Deixou dívidas?

— Muitas.

— Serão cobertas com a venda dos móveis e objetos?

— Vai sobrar.

— Para quem fica o resto?

— Para a família.

— Então, tinha família?

O guarda confirmou. Voltei para casa pensativo. Lastimei o destino de Marguerite Gautier. Talvez pareça estranho, mas sou indulgente com as cortesãs. Certa vez, vi uma jovem sendo levada por dois policiais. Não sei o que fizera. Estava aos prantos. Beijava um bebê, de quem seria separada pela prisão. Desde essa cena, jamais pude desprezar, à primeira vista, uma mulher de vida duvidosa.

Nunca tive uma relação próxima com Marguerite. Lembrava-me de tê-la encontrado muitas vezes na avenida dos Champs-Élysées, onde passeava todos os dias em uma pequena carruagem azul com dois cavalos. Tinha uma distinção pouco comum, o que a tornava ainda mais bela. Os homens não gostam de demonstrar publicamente sua paixão por essas mulheres. Marguerite vinha sozinha. No inverno, estava sempre agasalhada com um grande e caro xale de *cashmere*. No verão, vestia-se com simplicidade. Quando chegava ao bosque, descia da carruagem e caminhava por uma hora. Depois, voltava a seu apartamento.

Alta e muito magra, sabia realçar o talhe por meio da roupa. A ponta de seu xale tocava o chão, deixando o vestido de seda volumoso e franzido escapar dos lados. A cabeça era pequena e muito bela. Os olhos, ovalados. As sobrancelhas em arco. Cílios longos. Nariz reto. Lábios que se abriam graciosamente para mostrar dentes brancos como leite. A pele, cor de pêssego. Cabelos negros divididos em duas grandes mechas, presos na nuca, revelando o lóbulo das orelhas, onde brilhavam dois valiosos diamantes. Apesar da vida que levava, Marguerite possuía uma expressão virginal, até infantil, o que a tornava ainda mais encantadora.

Saía todas as noites. Ia às estreias do teatro e da ópera. A bailes. Se havia um novo espetáculo em cartaz, podia ser vista em seu próprio camarote. Sempre com três coisas, que nunca deixava. Um binóculo, um saco de bombons e um buquê de camélias. Durante vinte e cinco dias do mês, as camélias eram brancas. Nos outros cinco, vermelhas. Nunca se descobriu o motivo da mudança de cores. Também nunca se viu Marguerite com outras flores, só com camélias. Por isso, na floricultura, passaram a chamá-la de A Dama das Camélias. O apelido ficou.

Toda a alta roda de Paris conhecia sua vida. Fora amante de muitos jovens elegantes. Eles mesmos se gabavam, como se mantê-la fosse um troféu. Mas, havia três anos, Marguerite era sustentada por um velho duque estrangeiro, que fez de tudo para tirá-la daquela vida. Segundo soube, em 1842, Marguerite estava tão fraca que os médicos a aconselharam a passar uma temporada em uma estação de águas chamada Bagnères. Lá, entre os doentes, estava a filha do duque. Sofria da mesma doença que Marguerite: tuberculose. De tão parecidas, as duas podiam passar por irmãs. Mas a doença da jovem duquesa estava muito adiantada. Faleceu poucos dias depois da chegada da cortesã.

Certa manhã, o pai, desolado, viu Marguerite andando por uma alameda. Correu até ela, abraçou-a como se fosse a própria filha. Chorando, sem perguntar quem era, pediu permissão para vê-la e lhe dedicar a afeição que tinha pela filha. Marguerite aceitou. Pessoas que tinham conhecimento da vida que ela levava advertiram o bom homem. Foi um golpe para ele. Porém, já era tarde demais. Sentia afeição por Marguerite. Não a censurou. Comprometeu-se a sustentá-la, como um pai faria por uma filha. Ela prometeu fazer o que ele pedia.

Doente, Marguerite julgava que o passado era uma das causas principais de sua enfermidade. Teve a esperança de que Deus conservasse sua beleza e saúde, em troca do arrependimento.

De fato, os banhos, os passeios e o sono quase a restabeleceram. Marguerite voltou a Paris, onde o duque a visitava com frequência. A relação foi alvo de comentários, pois ninguém conhecia sua origem e seu motivo. Falou-se tudo, menos a verdade. O sentimento do duque era nobre e puro. Nunca dissera a Marguerite uma palavra que uma filha não pudesse ouvir de um pai. Mas não posso fazer da minha heroína uma pessoa diferente de quem foi. Enquanto estava em Bagnères, cumpriu a promessa de mudar de vida. De volta a Paris, não suportou a solidão, interrompida apenas pelas visitas do duque. Achou que fosse morrer de tédio.

Além disso, voltara da viagem ainda mais bela. Tinha vinte anos. A doença adormecida, mas não curada, também lhe dava os desejos febris que muitas vezes ocorrem juntamente com as infecções pulmonares. Voltou à vida de antes. Os amigos do duque contaram-lhe que, quando estava sozinha, ela recebia visitas. E que tais visitas muitas vezes permaneciam em seu apartamento até o dia seguinte.

A Dama das Camélias

Interrogada, Marguerite confessou a verdade. Aconselhou o duque a parar de se preocupar com ela, pois não tinha forças para deixar aquela vida, como prometera. Não podia receber por mais tempo a ajuda financeira de um homem a quem enganava. O duque ficou sete dias sem aparecer. No oitavo, suplicou a Marguerite que continuasse a recebê-lo. Prometeu aceitá-la como era e jamais lhe fazer alguma censura.

Assim era a vida de Marguerite no final de 1842.

# 2
# A CARTA DE MARGUERITE

Compareci ao leilão no dia marcado. O apartamento estava abarrotado de curiosos. Nobres que dissipavam suas fortunas em uma vida de prazeres e as mais famosas mulheres de vida duvidosa estavam lá. Junto com elas, senhoras da sociedade que aproveitavam a ocasião para observar de perto essas mulheres, pois jamais teriam oportunidade de encontrá-las socialmente. Ria-se muito. Os leiloeiros berravam, enquanto móveis e objetos eram vendidos para pagar as dívidas. Vestidos, joias, xales iam sendo arrematados rapidamente. Ouvi o leiloeiro gritar:

— E agora um livro, perfeitamente encadernado, filetado a ouro, com o título *Manon Lescaut*. Há uma dedicatória na primeira página.

Sem saber por quê, dei um lance. Alguém deu um lance maior. O fato de haver uma dedicatória me deixava curioso. Aumentei meus lances até o exagero. Acabei pagando dez vezes o valor de um novo. As pessoas me olhavam curiosas, sem entender meu interesse pelo livro. Mais tarde, em meu apartamento, olhei a primeira página. Lá estava, escrita com caligrafia perfeita, a dedicatória:

*Manon a Marguerite,*
*Humildade.*
E a assinatura: *Armand Duval.*

Fiquei intrigado. O que pretendia dizer com humildade? Aparentemente, o senhor Armand Duval percebia em Marguerite uma certa superioridade de sentimentos. No livro *Manon Lescaut,* de Antoine François Prévost, a heroína morre em um deserto, nos braços do homem que a amava. Marguerite, pecadora como Manon, falecera em meio a um luxo suntuoso, como eu constatara no leilão em seu apartamento. Em compensação, morrera com o coração em um deserto. Bem mais árido que o de Manon. Como eu descobrira por meio de amigos, nos últimos dois meses e meio de vida, em plena agonia, a moça não recebera um só gesto de amor.

Lastimo as mulheres iguais a ela. Insisto nesse ponto porque muitos que começaram a ler este livro talvez pensem em deixá-lo. Talvez por medo de encontrar nestas páginas uma apologia à prostituição. Quem assim julga deve continuar a ler. Falar da desdita dessas mulheres é também uma maneira de indicar o caminho do bem. O cristianismo nos revela a maravilhosa parábola do filho pródigo, para nos aconselhar a indulgência e o perdão. Jesus demonstrava amor às almas feridas pelas paixões humanas. E disse a Maria Madalena: "Tudo te será perdoado, porque muito amaste". Por que deveríamos ser mais rigorosos do que Cristo? Por que ser duro com as almas que sangram? Almas que às vezes esperam apenas o auxílio de uma mão amiga? Não devemos desprezar a mulher que não é mãe, filha ou esposa. O céu fica mais leve com o arrependimento de um pecador. Tentemos agradar o céu, exercendo o perdão.

Assim, continuei acompanhando a história de Marguerite. Dois dias depois, o leilão estava terminado. Rendeu o suficiente para pagar as dívidas e ainda sobrou uma boa quantia para a irmã e o sobrinho. Esta arregalou os olhos quando recebeu a notícia. Não via Marguerite havia seis ou sete anos, desde que esta desaparecera sem nunca mais dar notícias. Foi para Paris. Quem conheceu a cortesã espantou-se ao constatar que sua única herdeira era uma gorda e bela camponesa. Recebeu uma fortuna inesperada, sem nem mesmo saber a fonte daquele dinheiro. Lamentou-se pela morte da irmã, mas investiu a herança a juros. Rica, voltou para o vilarejo de onde até então nunca saíra.

Todos esses acontecimentos provocaram muitos comentários. Mas eles já começavam a cair no esquecimento, quando um novo incidente me fez conhecer toda a vida de Marguerite, trazendo detalhes tão tocantes que tive vontade de escrever esta história.

Certo dia, tocaram a campainha do prédio onde eu morava. O porteiro me trouxe um cartão. Um homem estava à porta e queria falar comigo. Chamava-se Armand Duval. Lembrei-me da dedicatória no livro que arrematara. Dei ordem para que ele entrasse.

Era um rapaz loiro, alto, pálido. Trajava um terno desalinhado que devia usar havia dias. Nem se dera ao trabalho de escová-lo, pois estava coberto de pó. Emocionado, o senhor Duval falou com lágrimas nos olhos e a voz trêmula:

— Desculpe-me pela visita e pelos trajes. Queria tanto vê-lo que, ao chegar, mandei as malas para o hotel e vim diretamente para cá. Corri, por medo de que saísse, embora seja cedo.

Convidei-o a sentar-se. Tirou um lenço e escondeu o rosto por um instante.

— Venho lhe pedir um grande favor — explicou.

Vencido pela emoção, pôs as mãos nos olhos.

— Devo parecer ridículo, perdoe-me.

— Se posso aliviar a sua dor, diga-me em que posso ajudá-lo. Terei satisfação em atendê-lo — respondi.

Perguntou se era mesmo eu quem havia comprado o livro no leilão dos bens de Marguerite. Confirmei. Fui até o quarto, peguei o volume e entreguei a ele. O homem o abriu.

— É este, sim — disse, vendo a dedicatória.

De seus olhos, duas lágrimas rolaram sobre as páginas.

— Vim lhe pedir que me ceda este livro.

— Foi o senhor quem o deu a Marguerite Gautier?

— Eu mesmo.

— Então o livro é seu. Fico feliz em devolvê-lo.

Quis me reembolsar o valor pago. Recusei. Insistiu. Segundo explicou, pretendia estar em Paris a tempo para o leilão dos bens de Marguerite. Ambicionava possuir algum objeto que pertencera a ela. Não conseguira chegar a tempo. O leiloeiro mostrou a lista de compradores, e ele me localizou.

— O senhor pagou um preço muito alto. Temo que o livro esteja ligado a uma lembrança qualquer.

Entendi. Armand temia que eu tivesse conhecido Marguerite da mesma forma que ele a conhecera. Resolvi tranquilizá-lo.

— Só conheci a senhorita Gautier de vista. Fiquei impressionado com sua morte, pois era uma mulher bonita. Desejei arrematar alguma coisa no leilão, e escolhi esse livro, nem mesmo sei por quê. Está à sua disposição. Quero que o aceite, para que isso represente o começo de uma amizade entre nós.

Armand estendeu-me a mão.

— Eu lhe serei grato pelo resto da vida.

Tive vontade de fazer perguntas sobre seu relacionamento com Marguerite. Mas não quis me intrometer em seus problemas pessoais. Entretanto, ele pareceu ter adivinhado meu desejo de conhecer sua história. Perguntou-me se havia visto a dedicatória.

— O que achou do que escrevi?

— Percebi que para o senhor aquela moça era especial.

— Era um anjo. Leia esta carta.

Em seguida, entregou-me um papel que devia ter lido e relido muitas vezes. Abri. Eis o que ela dizia:

*Meu caro Armand, recebi sua carta. Graças a Deus está bem. Sim, estou doente, e de uma dessas doenças que não perdoam. Mas a preocupação que você ainda tem por mim diminui bastante o meu* sofrimento. Não o verei mais, porque estou perto do fim, e uma grande distância nos separa. Ah, pobre Armand! A sua Marguerite mudou muito, é melhor que não me veja mais. Pergunta se o perdoo. De todo o coração! Estou de cama há um mês, e dou tanto valor a seu afeto que comecei a escrever a história de minha vida, diariamente. Desde o dia em que nos separamos até quando eu não tiver mais forças para continuar.

Se o interesse que demonstra por mim é verdadeiro, vá até a casa de Julie Duprat quando estiver de volta. Ela vai lhe entregar o meu diário e nele descobrirá a explicação para o que aconteceu entre nós. Não se sinta agradecido por isso. O retorno diário aos únicos momentos felizes de minha vida me fez um bem enorme. Ao recordá-los, senti um grande alívio.

Gostaria de deixar alguma coisa para você se lembrar de mim. Mas tudo que eu tenho está embargado pelos credores. Só espero que não façam o leilão antes do meu fim. Mas, meu amado, venha ao leilão e compre alguma coisa que tenha sido minha!

Deus seria bom se me permitisse revê-lo antes de morrer! Mas, de acordo com todas as probabilidades, adeus! Perdoe-me se não escrevo uma carta mais longa. Estou fraca, e minha mão se nega a continuar escrevendo!

*Marguerite Gautier*

A Dama das Camélias

Realmente, as últimas letras haviam sido traçadas com dificuldade.

Devolvi a carta a Armand, que certamente a havia relido em seu pensamento.

— Quem diria que foi escrita por uma cortesã! — disse ele. — Quando penso que jamais a verei novamente! Não me perdoo por tê-la deixado morrer assim! Eu não sou digno de seu perdão. Daria dez anos de minha vida para chorar uma hora a seus pés!

É muito difícil consolar alguém que está sofrendo com uma dor tão grande. Eu já sentia uma simpatia enorme por aquele jovem.

— Perdoe-me — disse ele. — Eu o importuno com minha dor.

— Só lamento minha incapacidade de aliviar seu sofrimento! Se precisar de mim, seja para o que for, terei prazer em ficar ao seu lado.

— Deixe-me ficar mais algum tempo aqui, até secarem as lágrimas, para que ninguém na rua me olhe surpreso por ver um homem chorar. Já me fez feliz ao me presentear com o livro. Nem sei como agradecer o suficiente.

— Pode agradecer me oferecendo sua amizade e me contando o motivo de sua dor. Falar servirá de consolo.

— É verdade. Mas hoje eu tenho necessidade de chorar. Um dia contarei minha história, e verá que tenho motivos para lamentar por essa pobre moça. Permita-me que volte a visitá-lo.

Seu olhar era bom e doce. Voltou a chorar. Percebeu que eu o observava e escondeu o rosto.

— Tenha coragem! — aconselhei.

— Adeus!

Fez um enorme esforço para não chorar novamente. Mais fugiu do que saiu de minha casa. Pela janela, eu o vi subir no cabriolé que o esperava na porta. Novamente começou a chorar e partiu, com o rosto escondido no lenço.

Durante bastante tempo não ouvi falar de Armand. Cheguei a acreditar que esquecera a promessa de voltar à minha casa. Também fiz suposições. Quem sabe, de tanta tristeza, ficara doente. Talvez estivesse morto. Eu ainda me interessava por ele. No fundo, por egoísmo, pois percebera a existência de uma tocante história de amor e queria conhecê-la até o fim. Decidi procurá-lo. Não tinha seu endereço. Fui ao de Marguerite, acreditando que o porteiro saberia onde morava o rapaz. Entretanto, o porteiro era novato. Só soube me dizer em que cemitério Marguerite fora enterrada. Era o do bairro de Montmartre.

Fui ao cemitério. Sabia que bastava ver o túmulo da jovem para descobrir se Armand ainda sofria por ela. Perguntei ao administrador onde ficava a sepultura. Ele consultou um livro grosso, onde estavam registrados todos os enterros. Confirmou a existência do túmulo e chamou um jardineiro. Quando disse para me ajudar a localizar o túmulo, o jardineiro interrompeu:

— É fácil reconhecer qual é.

— Por quê? — perguntei.

— Tem flores diferentes das outras. Seria bom se todos os parentes tivessem o mesmo carinho pelos mortos como o jovem que me encomendou o serviço.

Percorremos algumas alamedas. Paramos em frente a um canteiro de flores. Nem parecia uma sepultura, se não fosse a lápide em mármore branco. A área, cercada por uma grade de ferro, estava coberta por camélias brancas.

— Sempre que uma camélia murcha, tenho ordem para trocá-la — confidenciou o jardineiro.

— Quem lhe deu essa ordem?

— Um rapaz. Chorou muito quando veio aqui pela primeira vez. Creio que era muito apaixonado pela falecida.

Falava de Armand. O jardineiro continuou contando que ninguém mais, além dele, visitava o túmulo.

— Dizem que essa senhorita fez a vida, se me perdoa a expressão. Contam que houve nobres que se arruinaram por causa dela, que os homens a adoravam. Fico triste quando penso que nenhum veio aqui trazer sequer uma flor. Só o rapaz.

— Sabe onde mora o senhor Armand Duval?

— Sim. Vou sempre cobrar as flores.

Agradeci o jardineiro e fui procurar Armand no endereço fornecido. Não voltara. Deixei um recado. Na manhã seguinte, recebi uma carta dele. Pedia-me que fosse visitá-lo, pois ainda estava muito cansado e não podia sair.

Encontrei Armand adoentado. Ao me ver, estendeu a mão ardente.

— Está com febre.

Contei como conseguira seu endereço. Perguntei:

— Já procurou a amiga dela, Julie Duprat?

Duas grossas lágrimas rolaram por suas faces.

— Assim que cheguei.

— Ela lhe entregou tudo?

Armand mostrou um maço de papéis embaixo do travesseiro.

— Já sei de cor o que está escrito.

A Dama das Camélias

Percebi que o rapaz estava mesmo muito doente. Com o auxílio de um empregado, eu o coloquei na cama. Acendi a lareira do quarto. Em seguida, chamei meu médico. Armand delirava, falando palavras sem sentido. Só se entendia o nome de Marguerite. O médico deu o diagnóstico:

— É apenas uma febre. Isso é até bom. Senão, acabaria enlouquecendo. A doença física eliminará a emocional. Dentro de um mês, pode ser que esteja curado de ambas.

De fato: quinze dias depois, Armand estava convalescendo. Não me afastei dele durante a doença. Nossa amizade cresceu. Ficávamos conversando ao lado da janela. Eu evitava tocar no nome de Marguerite. Mas Armand sentia prazer em falar dela. Já sem lágrimas nos olhos, mas com um sorriso de dor. Surgia uma espécie de consolo. Para afugentar a tristeza, muitas vezes falava das lembranças felizes com Marguerite. Uma tarde, ficamos mais tempo que o habitual sentados à janela. O crepúsculo estava deslumbrante.

— Foi nessa época do ano e em uma tarde como esta que conheci Marguerite — revelou Armand. — Tenho que lhe contar essa história. O senhor fará um livro no qual ninguém vai acreditar, mas que talvez goste de escrever.

49

— Pode me contar mais tarde, meu amigo. Depois que estiver recuperado.

Ele sorriu.

— Já não tenho febre. Vou contar:

— Se insiste...

— É uma história simples. Vou contar seguindo a ordem dos fatos. Se quiser, mais tarde pode alterá-la, no caso de escrever o livro.

Relato agora tudo que ele me contou. Quase não mudei suas palavras.

# 3
# O ENCONTRO COM MARGUERITE

Minha história começou em uma noite como esta. Havia passado alguns dias no campo com um amigo, Gaston R. Na noite em que voltamos a Paris, resolvemos ir ao Teatro de Variedades. Durante um dos intervalos, fomos para o corredor. Meu amigo cumprimentou uma moça alta que passava.

— Quem é ela? — perguntei.

— Marguerite Gautier.

Surpreendi-me. Estava tão mudada que quase não a reconheci. Meu amigo comentou:

— Está doente. A pobrezinha não deve viver muito.

Sem saber por quê, empalideci. Eu a conhecera havia dois anos, e vê-la me causava uma forte impressão. Vários amigos já haviam notado, e se divertiam com meu interesse. Creio que estava destinado a me apaixonar por Marguerite.

A primeira vez que a vi, descia de uma carruagem pequena, toda vestida de branco. Usava um vestido de musselina esvoaçante, um xale da Índia com bordados em ouro, um chapéu de palha e um bracelete de ouro, que estava na moda. Entrou em uma loja, fez compras e partiu. Indaguei seu nome a um empregado do estabelecimento.

— É a senhorita Marguerite Gautier.

Sua lembrança não saiu mais do meu pensamento. Alguns dias depois, fui a uma apresentação de ópera cômica. Logo notei, no camarote em frente, Marguerite Gautier. Um amigo que me acompanhava comentou:

— Veja a beleza daquela mulher.

Nesse instante, ela se virou para o nosso lado. Viu meu amigo, a quem conhecia. Sorriu e o convidou para ir até seu camarote.

— Feliz é você, que vai falar com ela — comentei.

— Venha comigo.

— É preciso pedir-lhe permissão — refleti, lembrando as regras de boas maneiras.

— Não, com Marguerite não é necessário cerimônia.

*Aquela frase me magoou. Temia que Marguerite não fosse digna da atenção que me despertava. Certa vez li um livro que me impressionou. Nele, à noite, um homem segue uma mulher elegante, por quem se apaixonara à primeira vista. Está disposto a enfrentar o que for preciso para beijar-lhe a mão. Enquanto sonha, ela vai até ele, na esquina, e o convida para subir a seu quarto. Decepcionado, o homem volta sozinho para casa. Lembrei-me da história. Pronto a sofrer por aquela mulher, temi que me aceitasse facilmente. Nós, homens, somos assim: a imaginação empresta poesia aos sentidos. Ou seja: seria capaz de morrer por ela. Mas, se me dissessem que, pagando o preço, eu poderia me tornar seu amante, teria me recusado.*

*Mesmo assim, queria conhecê-la pessoalmente. Acompanhei meu amigo. Ele foi ao camarote. Perguntou se eu podia entrar. Ela concordou em me receber. Antes, meu amigo fez questão de me avisar:*

*— Sabe a quem vai ser apresentado? Não é uma duquesa. É uma cortesã, do tipo mais profissional que existe. Não faça cerimônias com ela.*

*Imediatamente, achei que minha paixão estava curada.*

*Ao entrarmos no camarote, Marguerite ria. Fomos apresentados. Corei. Ela se inclinou para a companheira, cochichou em seu ouvido. As duas riram juntas. Percebi que era eu o motivo da galhofa. Fiquei sem jeito. Meu amigo quis ajudar.*

— *Marguerite, não se espante se o senhor Duval está calado. Fica tão transtornado em sua presença que não consegue falar.*

— *É mais provável que esteja aqui porque você achou aborrecido vir sozinho.*

— *Não* — *respondi* —, *fui eu quem pediu para ser apresentado à senhorita.*

*Cumprimentei-a. Virei-me e saí sem esperar resposta. Voltei para meu lugar. Logo meu amigo sentou-se ao meu lado.*

— *Elas pensam que você é doido!* — *comentou.*

— *Que disse Marguerite quando deixei o camarote?*

— *Garantiu nunca ter visto alguém mais estranho que você. Não ligue. Essas mulheres não merecem ser levadas a sério.*

*Fingi indiferença:*

— *Que me importa?*

— *Quem sabe um dia vou ouvir dizer que você foi arruinado por ela!* — *contrapôs meu amigo.* — *Pode ser mal-educada, mas é uma linda mulher!*

*A cortina se ergueu. O espetáculo recomeçou. Nem me lembro do que se tratava. De tempo em tempo, olhava para o camarote de Marguerite, onde não faltavam visitantes. Prometi a mim mesmo que, mesmo se fosse preciso gastar tudo o que possuía, aquela mulher seria minha.*

A Dama das Camélias

Quando saí, vi Marguerite e sua amiga passarem na companhia de dois rapazes. Ela pediu a um empregado do teatro:

— Diga a meu cocheiro para esperar na porta do café Anglais. Vamos caminhar até lá.

Alguns minutos depois, andando pela avenida, vi Marguerite por uma das janelas do café. Apoiada à mesa, desfolhava uma a uma as camélias do seu buquê. Um dos rapazes lhe falava em voz baixa. Fiquei observando. Mais ou menos à uma da manhã, Marguerite partiu com os amigos. Subi a um carro de aluguel e os segui. Quando chegou a seu apartamento, ela entrou sozinha. Podia ser uma coincidência, mas fiquei contente.

A partir desse dia, vi Marguerite outras vezes. Sempre sentia a mesma emoção. De repente, ela desapareceu por duas semanas. Soube que estava doente.

— Sofre dos pulmões — contou um amigo. — Com a vida que leva, nunca vai se curar. Está de cama, muito mal.

Passei a ir a seu apartamento todos os dias para saber notícias. Nunca me identifiquei ou deixei meu cartão. Fiquei sabendo quando melhorou. E de sua partida para a estação de águas de Bagnères.

O tempo passou. O interesse foi diminuindo. Viajei. Tive casos amorosos. Quando me lembrava dela, era como se fosse apenas uma paixão juvenil, dessas que com o tempo parecem engraçadas. Prova disso é que, quando ela passou por mim no corredor do Teatro de Variedades, não a reconheci no primeiro momento.

Tinha um véu cobrindo o rosto, é verdade. Mas, dois anos antes, eu nem precisaria olhar. Adivinharia sua presença. Entretanto, meu coração bateu mais forte quando soube que era ela. Os dois anos sem vê-la desvaneceram-se como fumaça.

Armand continuou, após uma pausa:

Eu ainda estava apaixonado, mas me sentia mais forte. Junto com o desejo de me encontrar com Marguerite, havia também a vontade de lhe mostrar que eu tinha me tornado superior. Que caminhos escolhe o coração para chegar aonde quer!

Quando voltei a meu lugar no teatro, localizei seu camarote com o olhar. Estava mudada, como já disse. Não mantinha mais seu sorriso indiferente. Estávamos em abril, mas ela ainda se vestia de veludo, como se fosse inverno. Olhei-a intensamente. Meu olhar atraiu o dela. Pareceu me reconhecer. Sorriu. Não respondi ao cumprimento, para dar impressão de que a esquecera. Ela pensou ter se enganado e virou o rosto. A cortina se ergueu.

*Passei todo o espetáculo observando-a, mas fazendo esforço para que não percebesse. Notei que trocava olhares com uma mulher que eu conhecia. Era uma antiga cortesã, que tentara a vida no teatro, sem sucesso. Aproveitando seus relacionamentos, entrara para o comércio e tornara-se modista. Tinha cerca de quarenta anos, o corpo bem avantajado. Chamava-se Prudence Duvernoy. Por intermédio dela, poderia me encontrar com Marguerite! Cumprimentei a modista de longe. Ela me convidou para ir até seu camarote. Com ela, não era preciso diplomacia. Ao chegar, perguntei:*

*— Conhece Marguerite Gautier?*

*— É minha vizinha, e também sou sua modista. A janela de seu quarto dá para a minha. O senhor não a conhece?*

*— Não, mas gostaria muito.*

*— Quer que a chame aqui?*

*— Prefiro ir à sua casa.*

*— Será difícil. Marguerite é protegida de um velho duque muito ciumento.*

*— Protegida é uma palavra delicada.*

*Prudente contestou a observação.*

*— Protegida é a palavra correta. O velho duque a trata como filha.*

*A modista me contou como Marguerite conhecera o duque em Bagnères.*

— Então é por isso que ela está sozinha no camarote?

— Sim. Mais tarde o duque virá buscá-la.

Eu me ofereci para acompanhar Prudence de volta à sua casa. Ela aceitou. Um pouco mais tarde, o duque foi buscar Marguerite. Era um senhor de setenta anos, que lhe havia trazido bombons. Chamei meu amigo Gaston, que me acompanhava, e ficamos no camarote com Prudence até o final do espetáculo. Em seguida, a acompanhamos até seu apartamento, no prédio vizinho ao de Marguerite. Ela nos convidou a subir. Logo voltamos a falar da jovem.

— O velho duque está com sua vizinha? — perguntei.

— Não. Certamente está sozinha.

— Deve ser tedioso — comentou Gaston.

— Passamos quase todas as noites juntas — disse Prudence. — Ela nunca se deita antes das duas da manhã. Não consegue dormir mais cedo.

— Por quê?

— Está mal do peito e costuma ter febre.

— Não tem nenhum romance? — perguntei.

— Nunca vi ninguém ficar com ela quando saio. Mas não sei se alguém vem depois. Há um rapaz, o conde de N., que gosta de chegar às onze horas e que lhe envia joias. É muito rico, mas ela não quer vê-lo nem pintado.

*Gaston começou a tocar piano. Prudence fez um gesto, como se ouvisse alguém chamando.*

*— É ela! Senhores, é melhor irem embora.*

*— Isso não é forma de tratar as visitas — reclamou Gaston.*

*— Preciso ir até o apartamento de Marguerite.*

*— Esperaremos aqui — ele insistia.*

*— Não é possível — retrucou Prudence.*

*— Então a acompanharemos até sua amiga. Eu já a conheço, posso muito bem visitá-la — teimou Gaston.*

*— Menos ainda! Armand não a conhece!*

*Ouvimos de novo a voz de Marguerite chamando Prudence:*

*— Estou chamando há dez minutos! Venha para cá agora mesmo!*

*— Por quê?*

*— O conde de N. está na sala, e me dá tédio!*

*— Não posso — respondeu Prudence. — Estou aqui com dois rapazes que não querem ir embora!*

*— Que desejam?*

*— Vê-la!*

*Marguerite perguntou de quem se tratava. Prudence disse os nomes. Ela não reconheceu o meu. Mas nos convidou para irmos todos até seu apartamento.*

— Serão melhor companhia do que o Conde. Venham depressa!

Fechou a janela. Gaston comentou:

— Ela ficará encantada em conhecer você, Armand.

Prudente avisou:

— Tratem de ser agradáveis, senão depois ela ficará brava comigo.

Fomos até a porta de Marguerite. Meu coração batia fortemente. Pressentia que aquela visita seria muito importante em minha vida. Uma mulher veio abrir. Fomos para a sala principal. Um rapaz estava apoiado na chaminé da lareira. Marguerite sentava-se ao piano. Ao entrarmos, levantou-se e veio nos receber:

— Sejam bem-vindos!

# 4
# MARGUERITE E ARMAND

*Marguerite cumprimentou Gaston. Ele pediu:*
*— Posso apresentar-lhe Armand Duval?*
*— Mas é claro!*
*Inclinei-me.*
*— A verdade é que já tive a honra de lhe ser apresentado.*
*Ela fez um esforço para se lembrar. Aparentemente, não conseguiu.*
*— Fico contente que tenha se esquecido daquela primeira apresentação — disse eu. — Foi na ópera, há dois anos.*
*— Agora me lembro! — admirou-se Marguerite, com um sorriso. — Eu fui muito desagradável, como sou muitas vezes. Um pouco menos, atualmente. Já me perdoou?*

*Em seguida, estendeu sua mão, que beijei.*

— *Tenho o péssimo hábito de constranger as pessoas ao vê-las pela primeira vez. Meu médico diz que é devido ao meu temperamento nervoso e à minha enfermidade.*

— *Você parece bem de saúde.*

— *Oh, mas estive muito mal.*

— *Eu sei.*

— *Como assim?*

— *Vim frequentemente saber de sua saúde. Acompanhei com prazer a sua convalescença.*

— *Nunca recebi seu cartão...*

— *Não o deixei.*

— *Será o rapaz que vinha todos os dias perguntar sobre minha doença e que nunca disse seu nome?*

— *Era eu!*

— *É muito generoso.*

*Virou-se para o conde de N.*

— *Você nunca faria isso!*

— *Eu só a conhecia há dois meses* — *respondeu o conde.*

— *Mas ele só me conheceu por cinco minutos!*

*O conde ruborizou-se e mordeu o lábio.*

*Tive pena. Parecia tão apaixonado quanto eu. Marguerite o fazia bem infeliz, ainda mais na presença de dois estranhos.*

*— Estava ao piano quando chegamos. Por que não continua tocando? — perguntei.*

*Ela sentou-se e fez sinal para nos acomodarmos.*

*— Não quero submetê-los a esse suplício.*

*— É por mim que tem essa preferência? — perguntou o conde de N., tentando fazer ironia.*

*— Por você, é a única — respondeu Marguerite.*

*Parecia ter resolvido que ele não podia dizer uma palavra se-quer sem ouvir uma resposta desagradável. Ele lhe lançou um olhar suplicante. A moça voltou-se para Prudence.*

*— Fez aquilo que eu pedi?*

*— Sim.*

*— Ótimo, mais tarde me contará. Precisamos conversar, não vá embora sem nos falarmos.*

*— Estamos sendo inconvenientes — disse eu. — É melhor eu e Gaston partirmos.*

*— Não foi por causa de vocês que eu falei. Ao contrário, gosta-ria que ficassem.*

*O conde tirou um relógio caro do bolso e viu as horas.*

*— Vou para o clube.*

*Marguerite não respondeu. Ele caminhou para a porta. Ela se levantou.*

*— Já vai?*

*— Sim, acredito que minha presença é cansativa.*

*— Não é mais cansativa do que nos outros dias. Quando voltará?*

*— Quando desejar.*

*— Nesse caso, adeus!*

*Era cruel. Felizmente o conde era muito bem-educado e tinha um excelente caráter. Contentou-se em beijar a mão de Marguerite e em se despedir de nós. Foi embora.*

*— Ele me dá nos nervos — disse ela, assim que o conde saiu.*

*— Está sendo muito desagradável com ele — recriminou Prudence. — Ele é bom. Vejo sobre sua lareira um relógio muito caro que lhe ofereceu. Está apaixonado.*

*— Se perdesse tempo recebendo a visita de todos os que estão apaixonados por mim, não teria tempo de jantar.*

*Ela correu os dedos pelo teclado do piano.*

*— Posso oferecer alguma coisa?*

*— Vamos sair para cear — propôs Gaston.*

A Dama das Camélias

— Não, vamos comer aqui!

Chamou a empregada, que foi providenciar a refeição.

Não conseguia explicar o que se passava comigo. Eu admirava Marguerite. Quanto mais a via, mais me encantava. Era linda. Sua magreza era graciosa. Mostrava desinteresse ao recusar um rapaz rico, disposto a se arruinar por ela. A meus olhos, essa atitude a desculpava de sua vida duvidosa. Ainda possuía um traço de conduta! Fiquei calado. Ela insistiu:

— Então, era você que vinha saber notícias quando eu estava de cama? É uma atitude muito bonita. Que devo fazer para demonstrar minha gratidão?

— Quero que me permita revê-la de vez em quando.

— Quantas vezes queira, das cinco às seis da tarde e das onze à meia-noite.

Pediu para Gaston tocar piano. Queria aprender uma música, na qual tinha dificuldade. A partitura estava aberta. Ele começou. Marguerite observava. Quis tentar, mas se equivocou em algumas notas. Enfureceu-se.

— Será possível que eu não consiga tocar oito sustenidos seguidos?

Cruzou os braços. Bateu o pé. O sangue subiu às suas faces. Tossiu. Uma tosse seca. Prudence aconselhou:

— *Não se irrite, querida. Vamos cear, que é melhor. Estou morta de fome.*

Marguerite tocou a sineta, chamando a criada. Voltou ao piano. Começou a tocar e a cantar uma música obscena. Gaston conhecia a letra e a acompanhou.

— *Não cante isso* — pedi, em tom de súplica.

— *Oh, como você é puro!* — Ela sorriu.

— Fiz um gesto, como quem diz: "Há muito tempo a pureza acabou para mim".

Nanine, a criada, apareceu.

— *E a ceia?* — perguntou Marguerite.

— *Em um instante.*

Prudence me convidou para conhecer o apartamento. Mostrou a outra sala, que era maravilhosa. Em seguida, mostrou o quarto de vestir, junto ao principal, onde ela fazia sua toalete. Notei dois retratos em miniatura.

— *Este aqui é o conde de G., que foi apaixonado por Marguerite* — contou Prudence. — *Foi quem a lançou na alta-roda.*

— *E o outro?* — perguntei.

— *É o visconde L. Partiu, pois estava quase arruinado. Este sim, amava Marguerite.*

— Sem dúvida, ela devia amá-lo também.

— Ela é estranha, nunca se sabe o que está sentindo. Chorou na despedida. Mas na mesma noite foi ao teatro para se divertir.

Nanine veio nos chamar para que tomássemos assento à mesa. Voltamos para a sala. A ceia foi muito agradável. Estavam todos alegres e falavam coisas sujas. Aos poucos, fui me sentindo isolado. Entristecia-me ver aquela linda mulher de vinte anos falar como um cocheiro e rir a cada frase escandalosa. Entretanto, parecia ter necessidade de esquecer a vida que levava. A cada taça de champanhe, suas faces ganhavam um tom febril. Tossia, cada vez mais forte. Até ser obrigada a comprimir o peito com as mãos. Ao final da ceia, teve um acesso mais forte. Fechou os olhos de dor. Pôs o guardanapo nos lábios. Uma gota de sangue manchou o tecido. Levantou-se e correu para o quarto de vestir.

— O que aconteceu? — quis saber Gaston.

— Riu demais e está expectorando sangue — explicou Prudence. — Isso acontece todos os dias. Daqui a pouco ela volta. Agora prefere ficar sozinha.

Não pude me conter. Para espanto de Nanine e Prudence, levantei-me e fui até onde estava Marguerite.

# 5
# QUANDO A CAMÉLIA MUDAR DE COR

*Havia apenas um vela acesa. Deitada no divã, com o vestido aberto, tinha uma das mãos sobre o coração e a outra caída de lado. Sobre a mesa, havia uma pequena bacia de prata com água até a metade, riscada por filetes de sangue. Pálida e com a boca entreaberta, Marguerite tentava tomar fôlego. Às vezes suspirava profundamente. Sentei-me. Peguei sua mão. Ela sorriu.*

— Ah, é você. Também está doente? — *perguntou, talvez devido à minha fisionomia transtornada.*

— Estou bem. Sofre muito?

— Já me acostumei.

*Enxugou com o lenço as lágrimas causadas pela tosse.*

— Está se matando — afirmei, emocionado. — Gostaria de ser seu amigo, seu parente, para impedi-la de fazer tanto mal a si mesma.

— Não vale a pena se preocupar — respondeu em um tom amargo. — Veja se os outros se preocupam comigo. Sabem muito bem que nada se pode fazer contra essa doença.

Levantou-se. Foi se olhar no espelho.

— Como estou pálida!

Abotoou o vestido. Passou os dedos nos cabelos desarrumados. Convidou:

— Vamos voltar para a mesa?

Não me mexi. Ela percebeu minha emoção. Aproximou-se, de mão estendida, para me levar.

— Venha.

Peguei sua mão e beijei. Duas lágrimas saltaram dos meus olhos.

— Mas como você é criança! Está chorando! — exclamou.

Sentou-se ao meu lado.

— Posso parecer infantil, mas a cena que vi me fez muito mal.

— Você é bom! Não consigo dormir. Preciso me divertir um pouco. Além disso, que diferença faz entre mulheres como eu, uma a mais ou a menos?

— Não sei qual a importância que terá em minha vida, Marguerite. Mas ouça! Nunca tive tanto interesse por outra mulher. Em nome do céu, não continue a viver como vive!

— Sarar é bom para as mulheres que têm família e amigos. Mas mulheres como eu sempre acabam abandonadas. Sei disso muito bem, estive presa ao leito durante dois meses. Depois da terceira semana, ninguém mais me visitava.

— Sei que nada sou para você — respondi. — Mas, se quiser, cuidarei de você como um irmão, até que esteja curada. Depois, se desejar, pode retomar sua vida. Entretanto, estou certo de que seria mais feliz se tivesse uma existência tranquila, em que conservaria sua beleza.

Marguerite duvidou:

— Bebeu um pouco demais. Certamente, não teria tanta paciência.

Lembrei-lhe de que durante os dois meses de doença eu vinha todos os dias saber como estava. Ela perguntou:

— Por que nunca subiu?

— Não a conhecia.

— É preciso cerimônia para uma mulher como eu?

— Com uma mulher, sempre é preciso ser educado.

*A Dama das Camélias*

— *Cuidaria de mim? Ficaria todos os dias ao meu lado? Todas as noites?*

— *Todo o tempo, se não a aborrecesse.*

— *Está apaixonado por mim? Fale logo, é mais simples.*

— *Talvez. Quem sabe eu lhe diga algum dia. Não hoje.*

— *É melhor não me dizer nunca. Disso só podem resultar duas coisas.*

— *Quais?*

— *Se não o aceito, ficará com raiva de mim. Mas, se o aceito, terá ao seu lado uma mulher nervosa, doente e triste. Às vezes, alegre, mas com uma alegria mais triste que o sofrimento. Uma mulher que gasta uma fortuna por ano. Essa situação é boa para um velho rico como o duque. Mas péssima para um jovem como você.*

*Tanta franqueza parecia até uma confissão. Percebi como sua vida era dolorosa. Ela continuou:*

— *Vamos voltar para a sala. Já devem estar estranhando nossa demora.*

— *Escute, Marguerite. O que vou dizer certamente já lhe disseram muitas vezes. Talvez não acredite em mim. Mas é verdade. Desde que a vi pela primeira vez você passou a fazer parte da minha vida. Vou enlouquecer de amor.*

— É muito rico? Não sabe que gasto muito dinheiro? Não sabe que eu o arruinaria? Seja apenas um bom amigo. Pode vir me visitar, vamos rir juntos, conversar. Não exagere no meu valor, pois eu não valho grande coisa. Estou sendo franca.

Nesse instante, entrou Prudence.

— Que fazem aí?

— Estamos tendo uma conversa séria. Iremos já — respondeu Marguerite.

Prudence saiu. Marguerite retomou a conversa.

— Está resolvido. Esqueça as palavras de amor que me disse.

— Nesse caso, vou-me embora para bem distante.

— Seu sentimento é tão forte assim?

Já tinha ido longe demais para voltar atrás.

— Estou falando seriamente — afirmei. — Eu a amo desde que a vi.

Perguntou por que eu não havia me declarado antes, logo depois de termos sido apresentados na ópera cômica. Confessei que naquela noite eu a seguira. Vi quando voltou para casa. Revelei o quanto ficara feliz ao ver que entrara no prédio sozinha. Marguerite riu. Perguntei o motivo.

— Entrei sozinha porque já tinha alguém à minha espera aqui dentro.

*Foi uma punhalada. Levantei-me, magoado.*

*— Adeus.*

*— Eu sabia que ficaria zangado.*

*— Não estou zangado. São três da madrugada, devo ir embora.*

*— Tem alguém em casa esperando por você?*

*— Não. Mas devo ir.*

*— Adeus — respondeu ela.*

*— Por que quis me magoar, dizendo que havia alguém à sua espera? — perguntei.*

*— Com quem pensa que está falando? Tem que aceitar a verdade. Já tive outros. Nunca encontrei um homem como você, francamente!*

*— Nunca foi amada como eu a amo.*

*— Você me ama tanto assim?*

*— Tanto quanto se pode amar.*

*— Essa resposta foi muito bonita. Como agradecer um amor tão grande?*

*— Basta me amar um pouco — respondi, com o coração batendo mais forte.*

*Apesar do sorriso quase de caçoada, percebi que Marguerite começava a compartilhar minha emoção. O momento que eu esperava* havia tanto tempo parecia aproximar-se. Coloquei meus braços em torno dela. Murmurei:

— Se soubesse como eu a amo!

— É verdade?

— Juro!

— Está bem. Se prometer fazer todas as minhas vontades sem dizer uma palavra, talvez eu venha a amá-lo.

— Basta me pedir!

— Quero ser livre para fazer tudo que me agrade. Não pode ter ciúme de mim, nem me pedir explicações. Minha vida é como é. Faço questão de três qualidades bem raras. Confiança, submissão e discrição.

— Prometo! Farei como quiser. Quando nos veremos? Mais tarde?

— Não.

Marguerite desvencilhou-se dos meus braços. Tirou uma camélia vermelha de um buquê e colocou na botoeira de meu paletó.

— Nem sempre se podem executar os tratados no dia em que são assinados — explicou.

— Quando voltarei a vê-la?

— Quando a camélia mudar de cor.

A Dama das Camélias

— E quando a camélia mudará de cor?

— Amanhã, entre onze e meia-noite. Está contente?

— Ainda pergunta?

— Não diga uma palavra sobre o que combinamos a Prudence, a seu amigo ou a outra pessoa qualquer. Agora, vamos voltar para a sala.

Ofereceu-me os lábios. Eu a beijei.

Quando chegamos à soleira da porta, ela parou e me disse com voz baixa:

— Deve estranhar que eu o aceite tão de repente. Sabe por quê?

Pegou minha mão e a colocou sobre seu coração. Senti as palpitações violentas.

— Já que devo viver menos tempo que as outras, quero viver mais depressa.

— Não fale assim — pedi.

— Por menos tempo que eu tenha de vida, mesmo assim, seu amor durará menos — garantiu.

Entramos na sala antes que eu pudesse contestar. Ela cantava. Pouco depois, eu e Gaston fomos embora.

Quando cheguei a casa, recordei todos os detalhes. A visita a Marguerite, minha declaração. Tudo parecia um sonho. Comecei a acreditar que ela sentia por mim uma atração semelhante à minha por ela. Era uma cortesã. Sabia que para ela o amor era uma mercadoria. Mas não a vira recusar o conde, rico e apaixonado?

Passei a noite acordado. E se fosse apenas um capricho passageiro? Talvez fosse melhor não ir à casa dela. Enviar apenas uma carta perguntando sobre seus verdadeiros sentimentos. Logo em seguida, mudava de ideia. Minhas esperanças cresciam, superando o medo. Quem sabe, passaria a vida ao seu lado. Dormi de manhã, acordei às duas da tarde. Fui passear em frente ao seu apartamento. Mais tarde eu a vi de longe, conversando com o conde de G., a quem reconheci devido ao retrato mostrado por Prudence. Não consigo lembrar o que fiz durante todo o dia. Voltei para casa. Passei três horas me vestindo. Olhei cem vezes para o relógio. Cheguei cedo à rua d'Antin. Marguerite ainda não estava. Fiquei passeando, até vê-la descer de um cupê, meia hora depois. Olhou para os lados, como se procurasse por alguém. Aproximei-me.

— Boa noite.

— É você?

Pelo tom de voz, não parecia estar satisfeita em me ver.

— Combinamos que eu viria visitá-la.

— É verdade. Havia me esquecido.

*A frase quase destruiu minhas esperanças. Mas já estava me acostumando com seus modos. Mal entramos, mandou a criada chamar a vizinha Prudence. Avisou:*

*— Apague as luzes da sala principal. Se alguém bater, diga que não cheguei ainda e que nem devo voltar esta noite.*

*Parecia preocupada com alguma coisa. Eu não sabia o que pensar. Foi para seu quarto de dormir. Esperei, até que me chamou. Tirou o chapéu e o casaco. Sentou-se em uma poltrona.*

*— Que me conta de novo? — perguntou.*

*— Nada. A não ser que fiz mal em vir.*

*— Por quê?*

*— Parece contrariada. Sem dúvida, eu a aborreço.*

*— Não me aborrece, não! Só estou doente, passei mal o dia todo e estou com uma terrível dor de cabeça.*

*— Quer que me retire, para deitar-se?*

*— Se resolver dormir, durmo na sua frente.*

*A campainha tocou.*

*— Quem será? — ela indagou, impaciente.*

*Tocou outra vez.*

*— Não há ninguém para atender, terei que ir abrir a porta. Espere aqui — pediu.*

*Ouvi a porta se abrir. Escutei a voz do jovem conde de N.*

*— Como se sente esta noite?*

*— Mal — respondeu Marguerite.*

*— Será que não devia ter vindo?*

*— Talvez.*

*— Por que me recebe assim? Que lhe fiz, Marguerite?*

*— Meu caro amigo, não me fez nada. Estou doente. Preciso me deitar. Assim, faça o favor de ir embora. Repito pela última vez. Eu não o quero. Adeus.*

*Sem mais uma palavra, Marguerite voltou ao quarto. A criada chegou, avisando que Prudence ainda não voltara.*

*— Ela bem que sabe me encontrar quando precisa de mim. E hoje, quando espero a resposta de algo que lhe pedi, ela desaparece!*

*Pediu para a criada trazer ponche e comida. Estava faminta.*

*— Ceará comigo. Vou me trocar.*

*Foi para o quarto de vestir. Enquanto esperava, fiquei andando pelo quarto. Prudence chegou.*

*— Você aqui? E Marguerite?*

*— Está no quarto de vestir.*

*— Vou esperar. Sabe que ela acha você interessante?*

*— Não.*

— Então, o que faz aqui?

— Vim visitá-la.

— À meia-noite?

— Por que não?

— Mentiroso.

— Ela até me recebeu mal.

— Logo mudará de atitude. Eu lhe trouxe uma boa notícia.

— Ótimo. Quer dizer que ela lhe falou de mim?

— Sim, depois que partiu. Quis saber de sua situação financei-ra, o que faz, tudo sobre seus romances.

— E o que foi fazer para ela?

Nesse instante, Marguerite voltou. Estava deslumbrante. Ao ver Prudence, perguntou:

— Encontrou o duque?

— Sim.

Prudence entregou uma boa quantia em dinheiro, enviada pelo velho duque. Marguerite perguntou se ela precisava de alguma coisa. A vizinha aceitou uma ajuda, dizendo que seria um empréstimo. Em seguida, despediu-se: um homem a esperava em casa. Marguerite sor-riu. De fato, o dinheiro a deixara contente. Pediu permissão para se deitar, pois estava muito cansada. Sentei-me ao seu lado.

— Perdoe-me o mau humor desta noite — disse ela.

— Estou pronto para perdoá-la por muito mais.

— Ainda me ama? Apesar do meu modo de ser?

— Juro que sim.

A empregada, Nanine, entrou com uma bandeja. Trazia frango frio, vinho e morangos. Explicou:

— Não fiz ponche porque o vinho é melhor para a senhora.

Concordei. Marguerite disse para a criada ir se deitar.

— Não preciso de mais nada.

— Fecho a porta com chave?

— Claro. E até amanhã não deixe ninguém entrar!

# 6
# UM SUOR GELADO NA TESTA

Quando o dia começava a clarear, Marguerite olhou através das cortinas.

— Perdoe-me, mas é preciso que vá embora. O duque vem me visitar todas as manhãs.

Passei uma das mãos pelos seus cabelos e perguntei:

— Quando nos veremos novamente?

— Mandarei uma mensagem combinando um encontro.

Ela indicou-me uma pequena chave dourada, que estava sobre a lareira. Pediu que eu a pegasse para abrir a porta do apartamento. Ousei:

— Posso ficar com ela?

— Nunca dei minha chave a alguém.

— Ninguém a amou como eu a amo.

— Está bem. Pode levá-la. Mas, se eu não quiser que entre, ela será inútil. Posso trancar a porta por dentro. Agora vá. Estou com muito sono.

Parti. As ruas estavam desertas. A cidade dormia. Eu me sentia mais feliz do que qualquer homem no mundo. Cheguei em casa tonto de alegria. Tinha certeza: Marguerite também me amava! Deitei. Ao acordar, encontrei sua mensagem, marcando um encontro no Teatro de Variedades. Minha vontade de vê-la era tão grande que cheguei cedo. Sentei-me na plateia. Durante a apresentação, vi quando entrou no camarote, acompanhada por Prudence. Olhou para baixo e me lançou um olhar. Estava lindíssima. Logo notei, no fundo de seu camarote, o conde de G. Senti um frio no coração. Mas, no intervalo, ele saiu. Ela fez sinal para que eu subisse.

— Boa noite — disse, oferecendo sua mão.

— O conde não vai voltar? — perguntei.

— Vai. Foi comprar bombons.

Ela notou minha expressão. Deu-me um beijo na testa.

— Que foi?

— Não estou me sentindo bem — respondi.

— Está com ciúme porque viu um homem no meu camarote.

Afirmei que estava enganada. Não acreditou. Disse-me para, depois do espetáculo, ir ao apartamento de sua amiga e vizinha Prudence e esperar. Ela me chamaria.

— Ainda me ama? — perguntou.

— Pensei em você o dia inteiro — respondi.

Sorriu.

— Estou com medo de me apaixonar por você!

Despedimo-nos, pois o conde devia estar voltando. Ela me pediu para não ser ciumento. Voltei triste para o meu lugar. Mas, quinze minutos depois, eu já estava na casa de Prudence. Para minha decepção, ela me contou que Marguerite já estava em casa, acompanhada pelo conde de G. Quando fiz uma expressão de ciúme, Prudence me aconselhou:

— Você não tem dinheiro para sustentá-la. Aceite Marguerite como ela é, não faça cenas.

— É mais forte do que eu — respondi.

Prudence me explicou que uma mulher como Marguerite gastava muito. Um só homem, mesmo muito rico, não seria capaz de arcar com todas as despesas dela.

— *Aceite as coisas como elas são.*

*Meu amor era muito grande. Não conseguia aceitar aquele raciocínio.*

*Através da janela vimos quando o conde partiu. Logo Marguerite nos chamou.*

— *Venham, a mesa está sendo posta.*

*Quando entrei, ela correu até mim. Saltou em meu pescoço e me abraçou. Eu sabia que não tinha o direito de fazer qualquer exigência. Durante a ceia fingi que estava alegre, embora as lágrimas quase saltassem dos meus olhos. Quando ficamos a sós, olhei-a apaixonado. Eu tremia só de pensar no quanto estava pronto a sofrer por ela. Marguerite tivera uma ideia:*

— *Podemos passar o verão juntos, no campo.*

— *Pode me dizer com que meios?*

— *Não. Disso cuido eu. Basta que me ame como eu o amo e tudo vai dar certo.*

— *Pois desconfio que o conde de G. financiará a viagem. Não posso aceitar.*

— *Pensei que me amasse! Você é muito infantil!*

*Foi tocar piano. Eu me arrependi. Beijei-a.*

— *Perdoe-me.*

A Dama das Camélias

— Está bem. Mas estamos apenas em nosso segundo dia e já tenho que aceitar seu pedido de perdão. Prometeu me aceitar como sou.

— Eu a amo, Marguerite. Tenho ciúme até de seus pensamentos. O que me propôs me deixou louco de alegria. Mas o mistério em torno dos fundos para essa viagem me dói o coração.

— O importante é que você se sentiria feliz se passasse alguns meses no campo comigo. Além do mais, a viagem faria bem para minha saúde. Mas preciso pôr em ordem minhas finanças. Menino, o que importa é meu amor. Está combinado?

— Tudo que você quiser, querida.

— Em menos de um mês, estaremos passeando nas margens de um rio! Você pensa que morar em Paris me traz felicidade, mas eu sonho com uma vida mais calma, que me lembre minha infância.

Sorriu, disposta a falar de sua vida:

— Não vou inventar mentiras sobre a origem da minha família. Sou uma pobre camponesa que há seis anos nem sabia escrever o próprio nome. Sabe por que quero compartilhar essa viagem com você? Porque sei que me ama de verdade.

Uma hora mais tarde, estávamos deitados nos braços um do outro. De tão apaixonado, se ela tivesse me pedido para cometer um *crime, eu teria aceitado. Parti às sete da manhã. Quis combinar um novo encontro. Ela não respondeu. Mais tarde, em casa, recebi uma mensagem dizendo que estava doente e de cama. Não poderia me ver naquela noite. Marcava novo encontro para o dia seguinte.*

*Senti um suor gelado na testa. Estaria me enganando? Entretanto, poderia esperar outra coisa de uma mulher como ela? Tive vontade de ir até seu apartamento, entrar com minha chave. Se encontrasse outro homem, eu lhe daria umas bofetadas. Fui à avenida dos Champs-Elysées ver se estava passeando. Não apareceu. Passei de teatro em teatro, mas não a vi em nenhum. À noite, bati no seu prédio. As janelas de seu apartamento estavam escuras. O porteiro me garantiu que não havia chegado. Fiquei escondido, observando. Quase à meia-noite, chegou o conde de G. Pensei que também voltaria da porta. Mas ele foi recebido, como se fosse esperado. Fiquei diante do prédio, na rua, até as quatro da manhã, e o conde ainda não havia saído. Nunca sofri tanto quanto naquela noite.*

# 7
# MALAS DESFEITAS

*Quando cheguei em casa, chorei como uma criança. Decidi abandonar Marguerite. Voltar para junto de meu pai e minha irmã, na cidade onde moravam. Mas queria que ela soubesse o motivo de minha partida. Escrevi-lhe uma carta. Contei que tinha visto o conde entrar e passar a noite em seu apartamento. Devolvi sua chave, afirmando que não era rico o suficiente para amá-la. Mandei entregá-la logo de manhã. Não fui ao encontro combinado. Passei o dia esperando por uma resposta. Nada. Saí, decidido a me mostrar indiferente se nos encontrássemos pessoalmente. À noite haveria uma estreia no teatro. Seguramente, ela iria. Cheguei cedo, mas Marguerite não apareceu. Quando saí, encontrei meu amigo Gaston.*

— Pensei que iria encontrá-lo na ópera.

— Por quê?

— Marguerite estava lá com duas amigas. Achei que você iria aparecer.

— Alguém mais a acompanhava?

— O conde de G. apareceu por um instante. Mas foi embora com o duque.

As notícias correm depressa. Gaston já sabia do meu romance com Marguerite. Felicitou-me.

Angustiado, fui até a residência dela. Perguntei ao porteiro se por algum acaso havia alguma mensagem para mim. Não, não havia nenhuma. Voltei para meu apartamento, arrependido. De fato, tudo indicava que ela me amava. Queria passar o verão comigo! Não queria meu dinheiro, pois sabia que eu não tinha fortuna! E eu destruíra tudo!

No dia seguinte, fui visitar Prudence. Contei que ia viajar para junto de meu pai.

— Faz muito bem — ela respondeu.

Em seguida, me cumprimentou.

— Você teve juízo. Mais do que ela, que o amava. Só falava de você, e seria capaz de qualquer loucura.

A Dama das Camélias

— Se me ama, por que não respondeu minha carta?

— Ficou com o orgulho ferido. Você acabou com o romance somente dois dias depois de começar! Ela deve preferir morrer a enviar uma resposta!

— E se eu escrever, pedindo perdão?

— Certamente ela vai perdoá-lo.

Quase abracei Prudence. Quinze minutos depois, estava no meu apartamento escrevendo uma nova carta a Marguerite. Implorei por seu perdão.

Mais uma vez, esperei por uma resposta que não chegou. Decidi partir no dia seguinte. Às onze horas, comecei a fazer as malas. Uma hora depois, a campainha tocou. Meu criado atendeu.

— Duas senhoras o esperam na sala.

Saí do quarto. Prudence, de pé, examinava o cômodo. Marguerite estava sentada no sofá. Corri até ela. Ajoelhei-me. Peguei suas mãos. Pedi perdão, emocionado. Prudence foi para o quarto e nos deixou a sós.

— Marguerite, você me ama?

— Muito.

— Então, por que me enganou?

— Se eu pudesse, seria fiel. Mas precisava de uma grande quantia por causa de minhas dívidas. Precisei recorrer ao conde. Não podia lhe dizer isso, porque você daria um jeito de conseguir o dinheiro, e isso não posso aceitar. Quis ser delicada.

Observei Marguerite, fascinado. Ela continuou:

— Eu me entreguei a você porque, quando tive o acesso de tosse, pegou minha mão e chorou. Foi a única criatura neste mundo que já demonstrou tristeza por mim. Meu amor nasceu imediatamente. Mas aquela carta me magoou. Sei que foi o ciúme, mas um ciúme sem sentido.

Fatigada, começou a tossir. Levou o lenço aos lábios. Murmurei:

— Perdão. Eu compreendo. Rasgue a minha carta. Não quero ficar longe de você.

Marguerite sorriu. Tirou a carta do corpete e me entregou. Eu mesmo rasguei-a. Beijei sua mão.

Prudente voltou do quarto. Marguerite lhe perguntou:

— Sabe o que ele quer?

— O seu perdão.

— Sem dúvida. Mas também deseja cear conosco!

A Dama das Camélias

Prudence afirmou que não passávamos de duas crianças sem juízo. Marguerite me devolveu a chave.

— Vamos! — convidou.

Beijei-a. O criado entrou na sala dizendo que minhas malas estavam prontas. Respondi, feliz:

— Pode desfazê-las. Não vou viajar.

# 8
# O PREÇO DO AMOR

*A partir daquela noite, como não podia modificar a vida da mulher que eu amava, mudei a minha. Por mais desinteressado que seja, o amor de uma mulher como Marguerite custa um bom dinheiro, pois sua vida é composta de muitas distrações. Como já disse, eu não possuía fortuna de família. Meu pai tinha um cargo público, na cidade de C. Economizava para dar um dote à minha irmã, sem o qual não teria um bom casamento. Ao morrer, minha mãe deixou uma pequena renda que ele dividiu entre os dois filhos. Quando fiz vinte e um anos, ele acrescentou uma mesada a essa renda, para que eu pudesse viver em Paris. Estudei Direito e me tornei advogado. Enfiei o diploma no bolso e me entreguei à agradável vida parisiense. Apesar de* minhas despesas modestas, eu gastava em oito meses o que recebia em um ano. Passava os quatro meses de verão na casa do meu pai, para economizar. Não tinha dívidas.

Esta era minha situação financeira quando conheci Marguerite.

O ritmo de minha vida se acelerou. Ela nunca me pediu dinheiro. Mas me mandava uma mensagem de manhã dizendo que queria jantar comigo. Eu a buscava em um carro de aluguel. Jantávamos, íamos ao teatro. No fim de cada noite, tinha gasto mais do que podia. Em breve, descobri que o valor que receberia em um ano duraria apenas três meses e meio. Seria capaz de tudo para não ser forçado a abandonar Marguerite. Comecei a jogar. Passei a viver de uma maneira que, antes, me amedrontava só de imaginar. Cautelosamente, não perdia mais do que podia pagar, e não ganhava mais do que poderia ter perdido. A sorte me favoreceu. Ganhei uma boa quantia. Pude gastar mais com os caprichos de Marguerite. Ela demonstrava tanto ou até mais amor do que eu por ela. No começo, só podia vê-la entre meia-noite e seis da manhã. Depois, passou a me admitir nos camarotes dos teatros. Uma vez, saí da casa dela às oito horas. Outra, ao meio-dia. Só disfarçávamos ainda um pouco para que o velho duque não soubesse do nosso romance. Mas dele eu não tinha motivo para ter ciúme, pois se tratava de uma afeição paternal. Por minha vez, eu estava decidido a curá-la de sua doença. Ela começou a abandonar os antigos hábitos. Substituiu as noites em claro por uma vida mais saudável, com sono regular. Os acessos de tosse cessaram.

Meu pai e minha irmã escreviam, estranhando minha demora a chegar. Perguntavam quando eu iria visitá-los. Mas eu não podia partir. Não queria deixar Marguerite.

Ainda não tínhamos abandonado a ideia de passarmos juntos uma temporada fora de Paris.

Certo dia, fomos passear no campo. Prudence nos acompanhou. Fomos a uma região onde havia um rio, cercado por colinas. Quem já se apaixonou sabe o que quero dizer. Surge uma necessidade de se isolar do mundo, de ficar um ao lado do outro. Além disso, tudo em Paris recordava o modo de viver de minha amada. Lá, no campo, onde ninguém nos conhecia, não havia motivo para constrangimentos. Já não era uma cortesã. Ao meu lado, transformava-se em outra mulher, cujo nome era simplesmente Marguerite. Não havia mais passado, nem nuvens a nos esperar no futuro.

*Durante o passeio, tomamos um barco para ver a região. Em uma das margens do rio, havia um sobrado com uma escada cheia de trepadeiras, um gramado e um bosque na parte de trás.*

*— Que linda casa! — disse Marguerite.*

*Prudence propôs:*

*— Eu convenço o duque a alugá-la para você! Quer?*

*Levei um choque. Voltei à realidade. Marguerite achou que eu estava concordando. Foi perguntar se a casa estava para alugar. Estava, sim.*

*— Vai ficar contente aqui? — perguntou-me.*

*— Será que vai me querer aqui?*

*— Por que outro motivo vou me enterrar aqui, se não for por você?*

*— Neste caso, eu mesmo vou alugar a casa.*

*— Está louco? Seria perigoso. Não posso aceitar favores senão do duque.*

*Voltamos para Paris. Ao chegar, eu já aceitava o plano com menos escrúpulos.*

*No dia seguinte, saí cedo de seu apartamento. Ela esperava uma visita do duque. Durante o dia, mandou uma mensagem dizendo que ia ao campo com ele. Combinou um encontro à noite. Assim que cheguei, deu a notícia:*

— Alugamos a casa! O duque consentiu no instante em que pedi!

Eu não conhecia o duque. Mas senti vergonha de enganá-lo daquela maneira. Marguerite também havia encontrado um pequeno hotel para eu me hospedar, perto da casa.

Não pude resistir, apesar dos meus escrúpulos. Abracei-a. Ela continuou:

— O duque só me visita durante o dia, não haverá problema. Ele só estranhou meu desejo de ir para o campo. Contei que queria repousar devido à minha doença. Talvez não tenha acreditado. Precisaremos tomar cuidado, pois é muito desconfiado e pode mandar me vigiar. Não basta que pague o aluguel da casa. Também precisa pagar minhas dívidas. Está tudo bem?

— Sim — respondi, sufocando meus sentimentos mais honestos.

Oito dias depois, Marguerite se instalou na casa, e eu, no hotel mais próximo. No início, ela não conseguiu se desligar de seu antigo modo de vida. Os amigos vinham sempre, a casa vivia em festa. Todas as noites, havia de oito a dez pessoas para o jantar. O duque pagava tudo. Mas, às vezes, Prudence também me pedia algum dinheiro, em nome de Marguerite. Vim para Paris e fiz um empréstimo, com medo de que o que tinha não fosse suficiente. Certo dia, o duque foi jantar com ela. Encontrou a sala cheia e incomodou-se com os risos e a alegria espalhafatosa das amigas de Marguerite, que caçoavam dele. Retirou-se. Ela foi encontrá-lo na sala ao lado. Pediu perdão pelo incidente. Ferido em seu orgulho, o duque disse que estava farto de sustentar uma mulher que nem ao menos sabia respeitá-lo quando a visitava. Partiu irritado. E não deu mais notícias.

Marguerite mudou de hábitos. Mesmo assim, o duque não voltou a aparecer. Eu estava feliz. Ela assumiu publicamente nosso romance. Eu praticamente morava com ela. Os empregados me consideravam seu patrão.

Certa vez ouvi uma conversa entre ela e Prudence. A amiga a avisava dos riscos que corria, pois eu não poderia manter seu estilo de vida. Marguerite respondeu que não poderia viver sem mim. Dali a alguns dias, estava no fundo do jardim e vi quando Prudence chegou. Percebi que iam conversar novamente e dei um jeito de escutar.

— E o duque? — perguntou Marguerite.

— Disse que até poderia perdoá-la pelo que houve. Mas soube que você vive com Armand Duval. Está disposto a voltar a sustentá-la, se você o abandonar.

— O que você respondeu?

— Que lhe daria bons conselhos. Pense, Marguerite, no que está perdendo por causa de seu romance com Armand. Ele a ama, mas não tem dinheiro suficiente para suas necessidades. É inevitável, um dia vão se separar. Quando isso acontecer, será tarde, pois você terá perdido o duque. Quer que eu fale com Armand para ir embora?

— Nunca! Eu o amo! Ele também sofreria longe de mim! Estou doente, não vou viver muito. O duque que fique com seu dinheiro.

— Mas como fará para viver?

— Não sei.

Entrei e me atirei aos pés de Marguerite.

— Você não precisa de homem algum! Minha vida é sua! Nunca vou abandoná-la.

Ela me abraçou.

— Eu o amo, Armand!

Virou-se para Prudence e pediu:

— Conte ao duque o que viu. Diga que não preciso dele para mais nada.

Desse dia em diante, não se falou mais nesse senhor. Marguerite tornou-se outra. Deixou as antigas amizades. Os velhos hábitos. Quem nos visse sair de casa para um passeio de barco jamais imaginaria que a jovem vestida de branco, com um chapéu de palha, era a mesma Marguerite Gautier que, quatro meses antes, escandalizava Paris. Passávamos os dias juntos, com as janelas abertas para o jardim.

O duque lhe escreveu várias vezes, mas ela reconhecia a letra e entregava em minhas mãos os envelopes fechados. Eu lia as insistentes cartas. Inicialmente, o duque pensara que, retirando o apoio financeiro, Marguerite faria o que ele quisesse. Mais tarde, prometeu aceitar qualquer condição que ela quisesse impor. Sem respostas, com o tempo, parou de escrever. Marguerite e eu continuamos a viver sem pensar no futuro. Tínhamos pressa em sermos felizes, como se adivinhássemos que isso não aconteceria por muito tempo.

Às vezes, ela parecia triste. Eu perguntava por quê. Respondia:

— Nosso amor não é comum, Armand. Você me ama como se eu nunca tivesse pertencido a ninguém. Tenho medo de que se arrependa. E que seja obrigada a voltar à vida de onde me tirou. Eu morreria se isso acontecesse. Prometa nunca me abandonar!

— Eu juro!

— Não sabe o quanto eu o amo!

Certa noite, estávamos na janela, vendo o vento agitar as árvores. Ela propôs:

— *Vamos para a Itália?*

— *Está sentindo tédio?*

— *Tenho medo do inverno. E não quero voltar a Paris. Vamos? Eu posso vender tudo que tenho. Viveremos lá, onde ninguém sabe quem sou!*

*Aceitei. Mas afirmei que não precisaria vender nada. Embora não fosse rico, poderia custear a viagem. Ela recusou:*

— *Não. Já lhe dou muitas despesas.*

— *Não está sendo gentil, Marguerite.*

— *Perdoe-me. Não pensei no que estava dizendo.*

*Outras cenas semelhantes ocorreram. Eu ignorava o motivo, mas muitas vezes ela se entristecia. Certamente, temia pelo futuro. Prudence só aparecia de vez em quando. Um dia, quando entrei no quarto, Marguerite terminava uma carta.*

— *Para quem está escrevendo? — perguntei.*

— *Para Prudence.*

*Não me revelou do que se tratava. No dia seguinte, fomos passear de barco. Ao voltarmos, a criada Nanine informou que Prudence estivera em casa e partira com a carruagem e os cavalos de Marguerite. Dois dias depois, eles não haviam sido devolvidos.*

— *Que aconteceu? — perguntei.*

A Dama das Camélias

— Um dos cavalos está doente e a carruagem precisa de consertos — explicou Marguerite.

Prudence voltou alguns dias depois e confirmou a história. As duas passearam sozinhas no jardim, conversando. Quando me aproximei, mudaram de assunto. À noite, ao partir, Prudence reclamou do frio e levou emprestado um caro xale de cashmere.

Um mês se passou. Marguerite continuava mais amorosa do que nunca. Mas o carro e os cavalos nunca foram devolvidos. Nem o xale. Resolvi ler as cartas de Prudence. Tentei abrir a gaveta onde estavam guardadas. Estava fechada a chave. Abri outra, onde Marguerite colocava as joias. Vazia! Tive uma suspeita. Pensei em perguntar a verdade a Marguerite, mas certamente ela não contaria. No dia seguinte, inventei uma desculpa para ir a Paris.

— Vou buscar as cartas que meu pai deve ter me enviado — expliquei.

— Volte cedo!

Fui para casa de Prudence.

— Fale francamente: onde estão os cavalos?

— Foram vendidos.

— E o xale de cashmere?

— Vendido.

— Os diamantes?

— No penhor.

— Quem tratou de tudo isso?

— Eu.

— Por que não me pediu dinheiro?

— Ela não queria.

— E para onde foi esse dinheiro todo?

— Em pagamentos.

Prudence me contou que Marguerite devia muito.

— Quando o duque deixou de pagar suas contas, os credores ficaram sabendo que estava vivendo com um moço de poucos recursos. Você. Cobraram tudo. Penhoraram seus bens. Até agora, para não lhe pedir dinheiro, foi vendendo o que estava em suas mãos.

Prudence me mostrou os recibos.

— Pensa que basta se apaixonar e viver no campo? É muito bonito, mas não é com amor que se pagam as dívidas.

— Vou pedir um empréstimo.

— Vai acabar brigando com seu pai, Armand. Vai perder seus rendimentos. Tenha juízo. Não precisa abandonar Marguerite. Mas permita que ela encontre os meios para sair da dificuldade. Se Mar-

A Dama das Camélias

guerite quiser, o conde de N. pagará todas as suas dívidas e ainda lhe dará uma mesada. E não se importará nem que ela continue o romance com você!

Fiquei indignado. Jamais aceitaria a proposta. Também tinha certeza de que Marguerite preferiria morrer a concordar com a ideia.

— Vou arrumar dinheiro. Se ela quiser vender ou empenhar mais alguma coisa, me avise.

— Não se preocupe. Ela já não tem mais nada.

# 9
# UMA VIDA SEM LUXOS

*Em meu apartamento, encontrei quatro cartas do meu pai. Nas três primeiras, estranhava a falta de notícias. Dava a entender que sabia de minha mudança de vida. Na última, avisava que chegaria em breve para me ver. Respondi que estivera viajando e pedi para me avisar de sua chegada. Deixei o endereço da casa de campo com um criado, para me entregar as próximas cartas. Voltei. Marguerite me esperava no jardim.*

*— Visitou Prudence? — perguntou.*

*Disse que não. Pouco depois, chegou a criada, Nanine. Conversaram em voz baixa.*

*— Você mentiu — acusou Marguerite.*

A Dama das Camélias

*Nanine me seguira e vira quando entrei na casa de Prudence. Marguerite explicou que mandara a criada atrás de mim por medo de que fosse encontrar outra mulher. Revelei saber de tudo: ela vendera os cavalos, o xale e as joias.*

*— Fiquei triste porque você não me pediu ajuda — disse eu.*

*— Que necessidade eu tinha de cavalos? De diamantes?*

*Chorou. Retruquei:*

*— Não admito que você se prive de uma única joia que seja. Em poucos dias, você terá de volta tudo o que vendeu ou empenhou.*

*— Você acha que sou apenas uma escrava de luxo, e não aceita as provas do meu amor! Ainda me trata como uma cortesã. Quer gastar tudo que tem comigo. Se continuar assim, ficará sem nada. Pior. Serei obrigada a voltar à minha antiga vida, o que não aceitará.*

*Então, Marguerite fez uma proposta:*

*— Vamos viver sem luxo, com a sua pequena renda. Em um apartamento pequeno. Somos jovens, você é independente e eu sou livre. Por favor, Armand, evite ser tão orgulhoso! Não me atire de volta à vida que levava.*

*Abracei-a, chorando. Ela continuou:*

*— O que ainda tenho em Paris será suficiente para pagar as dívidas. Viveremos sem luxo. Concorda?*

*Beijei suas mãos:*

*— Farei o que quiser.*

*Em um instante, decidi minha vida. Viveríamos juntos. Mas refleti. Por mim, ela estaria abandonando tudo. Seria minha obrigação zelar por ela. Quis garantir seu futuro. Sem que ela soubesse, decidi passar para seu nome minha parte na herança de minha mãe.*

*Quando fomos a Paris procurar apartamento, fui a um tabelião e pedi que tratasse da transferência. Ele perguntou o motivo. Expliquei. Não criou dificuldades. Prometeu tratar do assunto. Pedi que não contasse nada a meu pai.*

*Foi difícil encontrar moradia. Tudo o que vimos ou era muito pequeno, ou muito caro. Acabamos escolhendo uma pequena casa, em um bairro tranquilo. Enquanto fui falar com o proprietário, Marguerite procurou um comerciante. Ele prometeu vender seus móveis e objetos, quitar suas dívidas e remeter o que sobrasse. Voltamos à nossa casa no campo.*

*Entretanto, dias depois, recebi uma notícia. Meu pai estava em Paris, no meu apartamento. Não sei por que, senti certa infelicidade. Marguerite parecia sentir o mesmo.*

*— Não tenha medo — eu disse.*

*— Volte logo — pediu ela.*

Duas horas depois, cheguei a Paris. Encontrei meu pai sentado na sala. Estava sério. Terminou de escrever uma carta e entregou-a nas mãos do meu criado, para que a levasse ao correio. Em seguida, declarou:

— Precisamos conversar seriamente. É verdade que você vive com uma mulher chamada Marguerite Gautier?

— Sim, é verdade.

— Sabe quem é ela?

— Era cortesã.

— Foi por causa dela que não me visitou este ano?

— Sim, senhor.

— Está apaixonado?

— Sabe que sim.

Meu pai refletiu um instante. Continuou:

— Não pode viver assim! Eu não admito.

— Nada fiz contra o respeito que devo ao senhor e à minha família.

— É preciso mudar de vida. Tem que abandonar essa mulher.

Segundo meu pai, a fama de minha vida escandalosa chegara à nossa cidade, o que prejudicava o nome da família. Não acreditava no amor de Marguerite por mim.

107

— Só há sentimento puro nas mulheres castas — declarou.

— Não posso abandonar Marguerite — afirmei.

— Abra os olhos, meu filho. Só quero o seu bem. Não pode viver maritalmente com uma mulher que já foi de todos.

— Que importa? Ela está regenerada. O amor a mudou.

— Em nome de sua falecida mãe, deixe essa vida, meu filho. Você tem vinte e quatro anos, pense no futuro. Vai perder a oportunidade de construir uma carreira! Venha viver comigo e com sua irmã!

Ele não acreditava que Marguerite era diferente das outras! Respondi:

— Se o senhor conhecesse Marguerite, veria como tem um coração nobre! O que há de cobiça nas outras é sentimento nela!

Meu pai deu o golpe final:

— Isso não a impede de aceitar sua parte na herança de sua mãe!

Já sabia de meu plano pelo tabelião. Continuou:

— O que sua mãe lhe deixou foi para viver com dignidade. Não para presentear uma mulher!

— Juro que Marguerite não sabe dessa doação.

— Faça as malas e venha comigo!

— Já tenho idade para não aceitar suas ordens!

*Ele empalideceu. Imediatamente, resolveu deixar meu apartamento. Foi para um hotel.*

*— Você está louco — afirmou.*

*Saiu batendo a porta.*

*Voltei para os braços de Marguerite. Como prometera, ela me esperava na janela.*

*— Está pálido! — comentou, preocupada.*

*Contei a cena com meu pai.*

*— Quando soube que ia se encontrar com ele, tremi como se fosse o aviso de uma calamidade. Que faremos?*

*— Continuaremos juntos e vamos deixar passar a tempestade.*

*— E se ele tentar obrigá-lo a obedecer?*

*— Impossível. Eu é que vou convencê-lo!*

*Ela pediu:*

*— Não rompa com sua família, Armand. Volte amanhã para Paris, converse novamente com seu pai. Quem sabe ele muda de opinião?*

*Passamos o dia falando de nossos projetos. No dia seguinte, parti novamente para Paris. Fui ao hotel. Meu pai já havia saído. Procurei-o. Também não fora ao meu apartamento. Nem ao tabelião. Voltei para o hotel. Esperei até as seis da tarde. Meu pai não voltou. Retornei para o campo.*

Marguerite estava sentada, junto à lareira, pensativa. Nem percebeu quando me aproximei. Quando a beijei, tremeu, com um sobressalto.

— Você me assustou — disse. — E seu pai?

— Não o vi. Não estava no hotel, nem em nenhum dos lugares onde podia estar.

— É melhor procurá-lo de novo, amanhã.

— Não, vou esperar que me chame.

Ela insistiu:

— Deve ir vê-lo no hotel amanhã!

— Por quê?

— Se insistir muito, ele nos perdoará mais depressa.

Continuou preocupada. Estava distraída, pensativa. Na manhã seguinte, insistiu para que eu fosse a Paris atrás de meu pai. Como na véspera, ele não estava no hotel. Deixara uma mensagem. Pedia que o esperasse até as quatro horas. Caso não aparecesse, eu deveria voltar no dia seguinte, para jantar. Portanto, esperei. Ele não voltou.

Quando voltei a casa, Marguerite estava febril e agitada. Ao ver-me, pulou em meu pescoço. Chorou nos meus braços. Perguntei o motivo. Ela não me respondeu. Escondia alguma coisa. Exigi que me contasse o que estava acontecendo. Chorou novamente. Eu e a criada

*Nanine a pusemos na cama. Ela pegou em minhas mãos. Preocupado, perguntei a Nanine se em minha ausência ela recebera alguma visita ou pelo menos uma carta. A criada garantiu que não. À noite, Marguerite parecia mais calma. Fez questão de repetir o quanto me amava. Sorria com dificuldade. Tentei descobrir o motivo de seu sofrimento. Continuou sem dar qualquer resposta convincente. Adormeceu nos meus braços. Às vezes, dava um grito, acordava em sobressalto e me fazia jurar que a amaria para sempre. Não compreendia essas crises, que se prolongaram até o amanhecer. Então, Marguerite tombou em uma espécie de torpor.*

*Acordou cerca de onze horas. Viu que eu estava de pé e exclamou:*

*— Já vai?*

*— Não. Só quis deixar que dormisse. Ainda é cedo.*

*— Que horas vai para Paris?*

*— Às quatro.*

*— Até lá, ficará ao meu lado, não? Vai me abraçar até a hora de partir?*

*— Sim, e voltarei o mais cedo possível.*

*— Eu o esperarei como faço sempre. Você me amará e seremos felizes, como somos desde que nos conhecemos!*

*Parecia ocultar algum pensamento doloroso. Resolvi ficar.*

— Você está doente. Vou mandar um recado a meu pai, pedindo que não me espere.

— Não, seu pai vai me acusar de impedir que o visite. Não estou doente, estou bem. Só tive um pesadelo!

Quando chegou a hora da partida, convidei-a para me acompanhar até a estação ferroviária. Queria que o passeio a distraísse. Aceitou. Vinte vezes, estive a ponto de desistir da viagem. Mas não queria brigar novamente com meu pai.

— Até logo — disse, ao deixá-la.

Ela não me respondeu.

Quando cheguei a Paris, procurei Prudence, para pedir que fosse visitar Marguerite e lhe fizesse companhia. Prudence estava se arrumando. Olhou-me, inquieta:

— Marguerite veio com você?

— Não. Está um pouco doente.

— Quer dizer que não vem hoje?

— Devia vir?

Notei que Prudence estava embaraçada.

— Só quis dizer... já que você está em Paris, será que ela vem ao seu encontro?

— Não.

*Observei a mulher. Ela baixou o olhar. Parecia temer que minha visita se prolongasse demais. Expliquei por que tinha vindo.*

*— Vim pedir que visite Marguerite, pois ela precisa se distrair.*

*— Não posso, tenho um jantar — respondeu Prudence.*

*Despedi-me. Fui ao hotel onde estava meu pai. Ele me olhou atentamente e estendeu-me a mão.*

*— Fiquei satisfeito porque me procurou. Espero que tenha refletido, como eu refleti.*

*— Posso saber a que conclusão chegou?*

*— Concordo que havia exagerado na importância do que me contaram. Resolvi ser menos severo.*

*Fiquei contente. Conversamos e fomos para a mesa. Meu pai estava com um estado de espírito excelente. Tinha pressa em voltar para o campo e contar a Marguerite como seu humor havia mudado. Insistiu para eu passar a noite com ele. Expliquei que deixara Marguerite adoentada. Prometi voltar no dia seguinte. Ele me acompanhou até a estação. Eu me sentia feliz, cheio de esperanças no futuro. Na hora da partida, meu pai voltou a insistir para que ficasse. Recusei.*

*— Você a ama tanto assim? — perguntou.*

— Como louco! — respondi.

— Então vá! — disse ele.

Fez um gesto como se quisesse afastar algum pensamento. Abriu a boca como se fosse dizer alguma coisa. Contentou-se em apertar minha mão.

Cheguei à nossa casa no campo às onze horas. Estava às escuras. Quando entrei, Nanine apareceu com uma lanterna.

— E Marguerite? — perguntei.

— Partiu para Paris.

— Quando?

— Uma hora depois do senhor.

— Deixou algum recado?

— Nenhum.

A criada se retirou.

Estranhei a viagem. Teria ido tratar de algum negócio? Lembrei-me da atitude de Prudence, que agiu como se esperasse pela chegada de Marguerite. Das lágrimas que minha amada derramara o dia inteiro. Todos os acontecimentos do dia foram se juntando, e comecei a suspeitar de alguma coisa errada. Marguerite praticamente exigira que eu fosse a Paris. Por quê? As dúvidas me atormentavam no quarto

A Dama das Camélias

vazio. Seria capaz de me enganar, depois de todos os nossos planos de felicidade? Não, impossível! Tentei afugentar as suspeitas.

Talvez tivesse ido a Paris para acertar a venda de sua mobília. Não pudera terminar o negócio a tempo e ficara para dormir na casa da amiga. Mas, e as lágrimas?

A noite avançava. Não, não seria capaz de me trair. Alguma coisa grave devia ter acontecido. E se tivesse sofrido um acidente? Tentei ler, não consegui. Coloquei um capote. Peguei a chave do apartamento de Marguerite, que ainda possuía. Saí. Chovia. Não havia mais trem, nem carro para alugar. Corri pela estrada até cansar. Continuei andando pela noite escura.

O relógio da igreja batia cinco horas quando cheguei à sua antiga residência. O porteiro permitiu minha entrada. Abri a porta do apartamento. As cortinas estavam fechadas. Fui para o quarto. A cama estava vazia! Abri todas as portas, olhei todos os cômodos. Ninguém. Chamei a vizinha, Prudence. As janelas de seu apartamento permaneceram fechadas.

Bati no quarto do porteiro e perguntei se Marguerite estivera no apartamento naquela noite.

— Esteve, sim, com sua vizinha.

— *Deixou algum recado para mim?*

— *Não, senhor.*

— *Sabe o que elas fizeram depois?*

— *Partiram, em um cupê particular.*

*Fui para o prédio vizinho, onde morava Prudence. Bati. O porteiro me explicou que ela não estava. Contou que tinha recebido uma carta para ela, à noite, mas ainda não a encontrara para entregar. Mostrou-me o envelope. No verso, havia um pedido a Prudence para entregar a carta a mim! Identifiquei-me. O porteiro concordou em me entregar o envelope.*

*Na rua, abri a carta. Se um raio caísse aos meus pés, não ficaria tão espantado quanto ao ler o conteúdo.*

Tudo está terminado entre nós, Armand. Quando você receber esta carta, já estarei nos braços de outro homem.

Volte para junto de seu pai, vá para perto de sua irmã, pura e casta. Perto dela esquecerá bem depressa o que uma mulher perdida, chamada Marguerite Gautier, já o fez sofrer. Uma mulher a quem você amou. E que junto de você teve os momentos mais felizes de uma vida que, ela espera, não se prolongará por muito tempo.

## A Dama das Camélias

*Meu sangue fervia. Uma nuvem cobriu meus olhos. Pensei que fosse enlouquecer. Senti que não podia suportar sozinho aquele golpe.*

*Corri até o hotel onde estava meu pai. Ele lia. Pelo jeito que me olhou, pareceu que me aguardava. Atirei-me em seus braços. Sem dizer uma palavra, mostrei a carta de Marguerite. Comecei a chorar.*

# 10
# A VINGANÇA

*Sofri muito. Às vezes não conseguia acreditar no que acontecera. Imaginava que bastava voltar à casa de campo para encontrá-la me esperando. Reli sua carta muitas vezes, para me convencer de que tudo não passava de um pesadelo. Meu pai pediu que eu voltasse com ele. Aceitei. Sentia necessidade do afeto de minha família para suportar o que havia acontecido.*

*Às cinco da tarde, subimos em uma carruagem. Ele mesmo mandara fazer minhas malas. Só tive a noção exata de que partia quando vi a cidade se distanciar. Sentia o coração vazio. Chorava muito. Meu pai segurou minha mão, como se quisesse dizer que eu podia contar com sua amizade. Adormeci, mas acordei sobressaltado. Não queria iniciar uma conversa, com medo da reação do meu pai. E se*

*dissesse as palavras que eu temia?*

*— Viu como eu tinha razão?*

*Mas ele não falou a respeito do assunto. Em casa, quando beijei*

*minha irmã, lembrei-me da carta de Marguerite. Por que se referiria*

*a ela?*

*Estávamos na estação de caça. Para me distrair, meu pai orga-*

*nizou caçadas com os vizinhos. Eu participava sem entusiasmo. So-*

*nhava acordado. Minha irmã nada sabia dos acontecimentos e não*

*entendia como eu, sempre alegre, me tornara uma pessoa tão triste.*

*Muitas vezes era surpreendido pelo olhar de meu pai, me observando.*

*Apertava sua mão, como se pedisse perdão pela tristeza que lhe cau-*

*sava com meu comportamento. Assim passou um mês. Foi o máximo*

*que pude suportar. Decidi voltar a Paris. Ainda amava Marguerite.*

*Meu pai insistiu para que eu ficasse. Acabou permitindo mi-*

*nha partida, mas me fez prometer voltar logo. Não dormi durante a*

*viagem. Mal cheguei, fui para a avenida dos Champs-Elysées na espe-*

*rança de ver Marguerite. Logo vi sua carruagem aproximar-se. Pelo*

*visto, recuperara os cavalos. Mas não vinha sentada. Caminhava ao*

*lado, acompanhada por uma moça desconhecida. Quando passou por* mim, empalideceu. Meu coração bateu mais forte. Fiz uma expressão de frieza. Eu a cumprimentei. Ela partiu na carruagem.

Se a encontrasse mergulhada na tristeza, talvez a tivesse perdoado. Mas parecia contente. Seu modo de agir ao romper comigo parecia ainda mais sórdido. Resolvi que pagaria por toda a dor que eu sofrera. E tive certeza de que o que mais a magoaria certamente seria minha indiferença. Fui à casa de Prudence. Esperei algum tempo na sala. Percebi o passo leve de alguém saindo depressa pela outra porta.

— Marguerite estava aqui — explicou Prudence. — Fugiu quando seu nome foi anunciado.

— Tem medo de me encontrar?

— Não. Ela acha que, para você, será desagradável vê-la.

Fiz um esforço para dominar a emoção.

— Por quê? Ela me deixou porque queria reaver seus cavalos e seus diamantes. Não devo me aborrecer por isso. Aliás, eu a vi hoje. Estava com outra moça, muito bonita. Quem é? É loura, com cabelos encaracolados e olhos azuis.

— Ah, é Olympe. É, sim, muito bonita.

— Vive com alguém?

— Com ninguém e com todo mundo.

— Onde mora?

Prudence me deu o endereço. Perguntou:

— Já esqueceu Marguerite?

— Mentiria se dissesse que não penso nela. Mas me abandonou de maneira muito leviana. Fui tolo por ter me apaixonado por ela.

Gotas de suor escorriam pela minha testa ao dizer isso. Prudence observou:

— Ela o amava e ainda o ama. A prova disso é que agora mesmo veio correndo contar que o tinha visto. Estava trêmula. Pediu que lhe implorasse para perdoá-la.

— Já a perdoei, diga isso a ela. Sou até agradecido porque me abandonou. Hoje me pergunto até onde nos teria levado a ideia de vivermos juntos.

— Ela vai ficar contente com esse recado.

Perguntei quem a estava sustentando.

— O conde de N. Recuperou seus cavalos, retirou suas joias do penhor e lhe dá tanto dinheiro quanto o duque. Sabe que ela não está apaixonada por ele, mas não se importa.

Segundo Prudence, Marguerite não voltara ao campo. Como amiga, ela mesma fora buscar seus pertences e também os meus. Os pacotes estavam à minha disposição.

— Está tudo aqui, bem guardado. Menos uma carteira, com sua inicial, que Marguerite fez questão de guardar.

Emocionei-me. Então, ela quisera ficar com alguma coisa para se lembrar de mim!

Voltara à sua antiga vida. Não dormia direito. Jamais perdia um baile ou uma festa. Bebia. A doença reaparecera e ela passara oito dias de cama.

— Pretende visitá-la?

Garanti que não. Despedi-me. Voltei para casa com sede de vingança. Marguerite era uma mulher como as outras! O amor que tinha por mim não a impedira de voltar à vida de antes!

Descobri que Olympe, a nova amiga de Marguerite, ia oferecer uma festa. Tratei de conseguir um convite.

Quando cheguei, o baile estava animado. Marguerite dançava uma quadrilha com o conde de N., que parecia orgulhoso em exibi--la como um troféu. Encostei-me à lareira e a observei. Quando me viu, Marguerite pareceu constrangida. Logo me dei conta de que, no final da festa, não seria comigo que ela voltaria para casa. Mas com o imbecil do conde! O sangue subiu à minha cabeça. Após a dança, fui cumprimentar a dona da casa. Olympe usava um vestido bem

A Dama das Camélias

decotado. Tinha lindas espáduas. Era realmente uma bela mulher, talvez mais ainda do que Marguerite. Percebi o olhar de meu antigo amor nos observando. Imediatamente, convidei Olympe para dançar e comecei a cortejá-la.

Meia hora depois, pálida como a morte, Marguerite foi embora da festa.

Agora já sabia. Essa seria a forma de machucá-la. No final da festa, uma mesa de jogo se formou. Sentei-me ao lado de Olympe. Comecei a apostar com tanto atrevimento que ela logo prestou atenção em mim. Ganhei uma boa quantia. Ela fixou o olhar nas minhas moedas de ouro com cobiça. Continuei ganhando a noite toda. Passei a lhe oferecer dinheiro para jogar. Olympe só perdia. Às cinco da manhã, chegou o momento da despedida. Os demais jogadores desceram. Fiquei por último. Quando me aproximei da escada, disse a ela:

— Preciso lhe falar.

— Amanhã — respondeu Olympe.

— Agora.

— O que tem a me dizer?

— Perdeu tudo, não foi? Até o que tinha em casa. Seja franca.

— É verdade. Perdi tudo.

*Mostrei o que ganhei. Ofereci:*

*— É tudo seu, se me deixar ficar aqui com você.*

*— Por que me propõe uma coisa dessas?*

*— Eu a amo!*

*Olympe rebateu.*

*— Não se trata disso. Está apaixonado por Marguerite e quer se vingar dela por meu intermédio. Não aceito esse papel.*

*Falei com ela de uma maneira como jamais teria falado com Marguerite.*

*— Reflita, Olympe. Não vale a pena recusar esse dinheiro. Aceite sem se preocupar com meus motivos. Estou apaixonado.*

*É claro que aceitou. Iniciamos um romance, embora eu, de fato, nada sentisse por essa mulher. Por sua vez, ela só queria o meu dinheiro.*

*A partir desse dia, usei Olympe para magoar Marguerite. Dei a ela uma carruagem e joias. Joguei. Fiz todas as loucuras de um homem apaixonado, para que pensassem que meu sentimento era sincero. Logo todos falavam no meu novo caso amoroso. Até Prudence acreditou que eu esquecera meu antigo amor. Quanto a Marguerite, eu pensava que meu amor se transformara em ódio. Ficava contente quando a via magoada. Aparentemente, ela sofria. Mas reagia aos fatos com dignidade. Cada vez que a encontrava, parecia mais pálida e mais triste. Às vezes eu agia cruelmente, e ela me lançava um olhar suplicante. Nessas ocasiões, sentia remorsos, mas eram como um relâmpago.*

*Olympe compreendeu que, insultando Marguerite, conseguiria de mim tudo o que desejasse. Não perdia uma oportunidade de ser desagradável. Marguerite deixou de ir aos bailes e ao teatro, para não nos encontrar. Cartas anônimas se sucederam às importunações diretas. Mandava Olympe espalhar comentários vergonhosos sobre Marguerite. Até eu mesmo fazia isso. Mas, apesar de tudo, eu sofria. A calma e a dignidade com que Marguerite respondia a meus ataques, e que a faziam parecer superior, me deixavam ainda mais irritado.*

*Certa noite, Olympe encontrou-se com Marguerite não sei onde. Houve um confronto e Olympe foi obrigada a se retirar. Ficou furiosa e pediu que eu tomasse uma atitude. Escrevi a Marguerite exigindo que a respeitasse, salientando que era ela a quem amava agora. Na carta, fui bastante cruel.*

*O golpe era forte demais. Permaneci em meu apartamento, pois certamente receberia uma resposta. Às duas da tarde, chegou Prudence. Perguntei, com indiferença fingida, a que devia sua visita. Ela lembrou que desde minha volta, há três semanas, eu fazia de tudo para magoar Marguerite.*

— Está doente por causa disso. Seu estado de saúde piorou.

Sem me censurar, Marguerite pedia piedade. Afirmava não ter mais forças morais ou físicas para suportar minhas atitudes.

— Ela não tem o direito de insultar a mulher que amo — respondi.

Prudence retrucou:

— Você está sofrendo a influência de uma mulher sem coração e sem inteligência. Pode estar apaixonado por ela. Mas isso não é motivo para torturar quem não tem como se defender. Deixe-a em paz, Armand. Se a visse, ficaria envergonhado pelo que está fazendo. Está pálida. Tosse. Não vai durar muito.

Em seguida, me aconselhou:

— Vá vê-la. Sua visita a fará feliz.

— Não quero me encontrar com o conde de N.

— Ele nunca está em casa de Marguerite. Ela não o suporta.

— Nunca mais porei os pés no apartamento dela. Se quiser me ver, sabe onde moro.

— Promete recebê-la com cortesia?

— Sem dúvida.

Prudence perguntou se eu estaria em casa naquela noite. Afirmei que sim. Ela partiu, dizendo que falaria com Marguerite.

*A Dama das Camélias*

*Nem avisei Olympe de que não iria vê-la naquela noite. Dispensei o criado. Esperei, agitado. Às nove horas, tocaram a campainha. Eu me apoiei à parede para não cair. Marguerite entrou, toda de preto, pálida como um mármore.*

*— Estou aqui, Armand. Você quis me ver, eu vim.*

*Chorava. Aproximei-me. Perguntei, emocionado:*

*— Que tem você?*

*Ela apertou minhas mãos em silêncio. Aos poucos, recuperou a calma.*

*— Por que me fez tanto mal, Armand? Não lhe fiz nada!*

*Respondi com um sorriso amargo:*

*— Nada? Tem certeza?*

*— Nada que as circunstâncias não tivessem me obrigado a fazer.*

*Senti que amava aquela mulher mais que nunca. Mas não podia esquecer que outros lábios, que não os meus, a haviam beijado desde a última vez que nos vimos. Ela suplicou:*

*— Você me fez tanto mal desde que voltou! Para um homem de bons sentimentos, existem coisas mais nobres do que vingar-se de uma mulher doente e triste como eu!*

Estendeu sua mão.

— Veja, estou com febre. Saí da cama e vim pedir não sua amizade, mas sua indiferença!

Senti a mão febril. Ela tremia sob o capote de veludo. Eu a levei para mais perto da lareira. Era a minha vez de falar.

— Acha que não sofri quando, depois de ter esperado por você no campo, voltei para Paris e só encontrei uma carta à minha espera? Como você pôde me enganar tanto, Marguerite, a mim que a amava!

— Não vim para falar disso, Armand. Quis vê-lo, mas não como um inimigo. Você está com outra mulher. Seja feliz com ela e me esqueça.

— E você, é feliz?

— Olhe para mim. Pareço feliz? Não zombe da minha dor.

— A felicidade só dependia de você.

— As circunstâncias foram mais fortes do que minha vontade. Você conhecerá minhas razões algum dia, e então me perdoará.

— Por que não me conta tudo agora?

— Para não afastá-lo de pessoas de quem não deve se separar.

— Quem são essas pessoas?

— Não posso dizer.

*A Dama das Camélias*

*Marguerite levantou-se e foi para a porta. Não podia ver aquela mulher sem sentir uma grande emoção. Postei-me diante dela.*

*— Você não vai sair. Apesar de tudo, eu a amo! Quero que fique!*

*— Para me expulsar amanhã? Não, Armand. Nossos destinos devem seguir caminhos diferentes.*

*Meu amor se renovava à simples presença dela. Insisti.*

*— Eu esquecerei tudo e seremos felizes, como prometemos um ao outro.*

*Ela balançou a cabeça em dúvida. Mas concordou em ficar, afirmando que me amava.*

*Tomei-a nos braços. Ela tremia. Seus dentes batiam. Procurei aquecê-la com minhas carícias. Ela sorria. O dia nasceu e ainda estávamos acordados. Lívida, Marguerite permanecia em silêncio. De vez em quando, as lágrimas escorriam de seus olhos. Ainda propus:*

*— Vamos embora de Paris!*

*Ela respondeu com a voz cheia de tristeza:*

*— Já não posso lhe trazer felicidade. Não posso mais unir meu futuro ao seu. Quando me quiser, me procure. Estarei sempre à sua espera. Não peça mais do que isso.*

*Quando partiu, senti uma imensa solidão. Duas horas depois, eu ainda continuava sentado na cama, observando a marca do corpo de minha amada no colchão. O dia passou. Sem saber o que ia fazer, às cinco horas me dirigi até o apartamento de Marguerite. Nanine abriu a porta e disse, constrangida:*

*— Ela não pode recebê-lo.*

*— Por quê?*

*— O conde de N. está com ela e exigiu que eu não permitisse a entrada de ninguém.*

*Voltei para casa louco de ciúme. Achei que ela rira de mim. Imaginei que dizia ao conde as mesmas palavras que me dissera. Quis magoá-la como nunca! Peguei uma cédula de alto valor, coloquei em um envelope e acrescentei um bilhete, que dizia:*

A senhora partiu tão depressa de manhã que esqueci de lhe pagar.

Eis o preço de sua noite comigo.

*Mandei o bilhete. Fui para casa de Olympe. Assim que ficamos a sós, ela começou a cantar músicas obscenas para me distrair. Era uma cortesã sem pudor, sem coração e sem alma. Pediu-me dinheiro, que dei. Voltei para meu apartamento, com a esperança de que houvesse uma carta de Marguerite. Não havia nenhuma. Passei o dia seguinte agitado. À tarde, um portador trouxe um envelope com meu bilhete e o dinheiro, devolvido sem nenhum comentário. Perguntei quem me enviara a correspondência:*

*— Uma senhora que saía em viagem. Pediu que só entregasse o envelope depois que fosse embora.*

*Corri ao apartamento de Marguerite. O porteiro me informou:*

*— Ela foi para a Inglaterra.*

*Chegara ao fim de tudo.*

*Também decidi partir. Nada mais me prendia a Paris. Um amigo ia viajar para o Oriente. Meu pai me forneceu o dinheiro necessário para a viagem. Fui embora. Em Alexandria, soube, por um adido da embaixada, da doença de Marguerite. Escrevi-lhe uma carta, que ela respondeu, já se despedindo de mim.*

*Assim que recebi a carta, decidi voltar. Mas, quando cheguei a Paris, era tarde demais.*

# 11
# A REVELAÇÃO

Armand terminou sua narrativa muitas vezes interrompida pelas lágrimas. Fatigado, colocou as mãos sobre o rosto. Fechou os olhos. Finalmente, pôs em minhas mãos as páginas que Marguerite escrevera antes de morrer e deixara com sua amiga Julie Duprat, para que ele a lesse.

Eis aqui o relato de Marguerite, que complementa a história que Armand me contou:

*Estou de cama. Não há ninguém a meu lado. Penso em você, Armand. Onde estará agora? Sei que foi viajar para longe de Paris. Talvez já tenha esquecido sua Marguerite. Seja feliz, Armand. Devo a você os únicos momentos de alegria de minha vida.*

*A Dama das Camélias*

*Estou doente e vou morrer logo. Sempre achei que morreria jovem. Não resisti ao desejo de lhe explicar tudo o que fiz e por que o abandonei.*

*Certamente você se lembra de quando estávamos morando no campo e seu pai chegou a Paris. Recorda-se do medo involuntário que a notícia de sua vinda me causou? Lembra-se de quando me contou sobre a discussão entre você e seu pai?*

*Pois bem. No dia seguinte, seu pai me escreveu uma carta, exigindo que o abandonasse. Marcava um encontro comigo. Certamente, você vai se lembrar como insisti para que você fosse a Paris no dia seguinte. Era para me encontrar com seu pai, que veio uma hora depois que você partiu. Quando chegou, começou a fazer ameaças. Respondi que estava em minha casa e que não tinha motivos para lhe dar contas de minha vida. Só lhe devia respeito por ele ser seu pai.*

*Ele se acalmou. Afirmou não poder permitir que você se arruinasse por minha causa. Elogiou minha beleza, mas me explicou que eu não tinha o direito de comprometer seu futuro, gastando como eu gastava. Provei a ele que, desde que me apaixonara por você, tinha me tornado fiel. E que nunca lhe pedia dinheiro. Mostrei os recibos dos diamantes penhorados, da venda dos cavalos. Falei de nossa felicidade, de nossos planos de viver uma vida tranquila e feliz. Ele se rendeu à* evidência. Pediu-me perdão pela maneira como me tratara até aquele momento. Em seguida, declarou que me imploraria um sacrifício ainda maior do que eu já fizera por você ao deixar minha vida de luxo. Tremi. Seu pai continuou, com voz cordial.

— Não leve a mal o que vou dizer. Você é boa e seu coração é muito mais generoso do que o de muitas mulheres que talvez a desprezem. Mas pense. Junto de você, ele não vai construir um futuro. Armand andou jogando, eu soube. Poderia ter perdido as economias que eu amealhei durante anos para o dote da minha filha, para ele e para os meus dias de velhice. Se realmente ama Armand, sacrifique o seu amor em nome do futuro do meu filho. Há mais um motivo que me trouxe a Paris. Tenho uma filha jovem, bonita, pura. Ela ama e sonha com o casamento. Entrará em uma família que exige o respeito à honra. Meu futuro genro soube que Armand vivia com você e ameaçou romper o compromisso. O futuro da minha filha, que nada lhe fez, está em suas mãos. Diga, tem o direito de destruir sua vida? Em nome do seu amor e do seu arrependimento, não impeça a felicidade de minha filha!

Enquanto seu pai falava, eu chorava. Era verdade. Eu não passava de uma cortesã. Meu passado não me dava o direito de sonhar. Eu o amava, Armand! Amava tanto que as palavras do seu *pai fizeram um sentimento nobre surgir no meu coração. Prometi a seu pai que dentro de oito dias você teria voltado para junto da família. Ele duvidou.*

*— Não conseguirá mudar o meu filho.*

*— Fique tranquilo. Ele vai me odiar.*

*Escrevi a Prudence. Disse que aceitava as propostas do conde de N. e que o convidasse para cear comigo no dia seguinte. Lacrei o envelope e pedi a seu pai que o entregasse em Paris. Ele perguntou o que havia na carta. Respondi:*

*— A felicidade de seu filho.*

*Seu pai me beijou como beijaria uma filha. Partiu.*

*Mais tarde, quando você chegou, não pude deixar de chorar. Você é testemunha do quanto eu sofri. Houve um momento em que quase lhe contei tudo, horrorizada com a ideia de que você iria me odiar. Pedi a Deus que me desse forças.*

*No dia seguinte, encontrei-me com o conde de N. Bebi. Acordei no leito desse homem. Voltei a ter uma vida agitada para não enlouquecer. Ia a todas as festas, a todos os bailes. Minha saúde piorou. Quando mandei Prudence a seu apartamento, implorar para que parasse de me insultar, estava exausta de corpo e alma.*

*Mas e a maneira como me agradeceu nossa última noite de amor? Foi demais, Armand. Não tinha o direito de fazer o que fez.*

*Parti para Londres. Transformei-me em um corpo sem alma, passei a viver como um autômato, sempre cercada de homens. Quando voltei a Paris, perguntei por você. Soube da sua viagem. Nada mais me importava. Não tinha como viver. Tentei me aproximar do duque, mas ele não me perdoara. A doença me enfraquecera. Estava pálida, triste, ainda mais magra. Havia em Paris mulheres mais saudáveis do que eu, e logo fui esquecida.*

*Agora estou muito doente. Nada mais tenho e os credores voltaram impiedosos. Ah, Armand, se você estivesse em Paris! Suas visitas me consolariam!*

*Seu pai soube de minha doença e mandou uma ajuda financeira. Diga a ele que chorei de gratidão. Sufoco. Penso que vou morrer a cada instante. Mesmo assim, acho que, se você voltasse, eu ficaria boa novamente. Eu o amava muito, Armand. Já estaria morta se não tivesse a lembrança desse amor para me manter e a esperança de ainda vê-lo novamente ao meu lado!*

A letra tornou-se ilegível.

Quem terminou o relato foi Julie Duprat, escrevendo a pedido de Marguerite.

*Senhor Armand, Marguerite quis ir uma última vez ao teatro e voltou ainda pior. Perdeu o uso dos membros. O sofrimento dela é impossível de descrever. Delira quase todo o tempo. Mas, no delírio, ou mesmo lúcida, é o seu nome que pronuncia. O médico diz que só lhe restam poucos dias. Prudence, ao ver que Marguerite não tem mais dinheiro para lhe emprestar, nem mesmo a visita. Os credores só esperam que ela morra para fazer o leilão de seus bens.*

Julie terminou seu relato em outro dia:

*Hoje Marguerite viveu os instantes finais. Chamou-me para perto do leito e mostrou uma camisola.*

*— Quero ser enterrada com esta roupa. É um capricho de agonizante.*

*Eu a abracei, e ela, chorando, pediu:*

*— Estou sufocando, quero ar!*

*Abri a janela. Veio um padre. Ficou com ela no quarto durante um bom tempo. Quando saiu, disse:*

*— Ela viveu como pecadora, mas morrerá como cristã.*

*Saiu e voltou com um coroinha e um sacristão. Marguerite recebeu a extrema-unção. À noite, entrou em agonia. Jamais alguém sofreu* semelhante tortura, a julgar pelos gritos que deu. Duas ou três vezes, pronunciou seu nome, senhor Duval. Depois, tudo se acabou. Ela caiu sobre a cama. Duas lágrimas rolaram de seus olhos. Estava morta.

Chamei-a para me certificar. Como não respondeu, fechei seus olhos. Beijei-a na testa. Vesti-a com a camisola que escolhera. Acendi duas velas.

Distribuí aos pobres o dinheiro que lhe restava. Não sou muito religiosa, mas acredito que o bom Deus há de ter piedade dessa bela jovem, que só teve a mim para lhe fechar os olhos e envolver seu corpo em uma mortalha.

# 12
# A VOLTA DE ARMAND

Quando percebeu que terminei o documento, Armand perguntou:

— Leu?

— Entendo seu sofrimento, meu amigo, se tudo o que li for verdade.

Conversamos algum tempo sobre todos os acontecimentos. Triste, mas já um pouco conformado, Armand foi se restabelecendo rapidamente. Fomos, juntos, visitar Prudence e também Julie Duprat, que assistira Marguerite nos seus últimos momentos.

Prudence estava arruinada. Culpou Marguerite, dizendo que durante sua doença lhe emprestara muito dinheiro, tendo que assinar promissórias que não pudera resgatar. Com essa mentira, conseguiu arrancar algum dinheiro de Armand. Claro que ele não acreditou nela. Mas deu o dinheiro em respeito à memória de Marguerite. Depois, fomos à casa de Julie, que nos falou dos acontecimentos que testemunhara e derramou lágrimas sinceras pela amiga.

Finalmente, visitamos seu túmulo, iluminado pelos raios do sol de abril.

Mais tarde, acompanhei Armand até a casa de seu pai, na cidade onde morava. Era um homem como eu imaginava: grande, digno e bondoso. Recebeu o filho com lágrimas de alegria.

A irmã, Blanche, tinha o olhar iluminado e os lábios serenos de quem só pronuncia palavras piedosas. Sorria, contente com a volta do irmão, ignorando, em sua pureza, que uma cortesã sacrificara por ela a própria felicidade.

Fiquei algum tempo ao lado dessa família feliz, satisfeita com a volta do filho pródigo.

Retornei a Paris e escrevi essa história, tal como me foi contada. Se não tiver outros méritos, resta ao menos um: é absolutamente verídica.

Dela não tiro a conclusão de que todas as mulheres como Marguerite são capazes de agir como ela. Mas agora sei que pelo

A Dama das Camélias

menos uma sentiu um amor real e intenso, pelo qual sofreu e morreu. Não sou apóstolo do vício, mas sempre saberei respeitar um sentimento nobre, de onde quer que ele venha.

A história de Marguerite é uma exceção, eu repito. Mas, se fosse absolutamente comum, não valeria a pena escrever sobre ela.

# Por que amo *A Dama das Camélias*
## Walcyr Carrasco

Sou romântico. Já me apaixonei várias vezes durante a vida e sempre intensamente. Tanto que agora dediquei este livro, *A Dama das Camélias*, a uma namorada, Ana Maria, que tive aos 17 anos e que nunca esqueci. Também não nos vimos mais. Soube que se casou, teve filhos. Mas a lembrança desse amor ficou. Desde a primeira vez que li *A Dama das Camélias*, fiquei impressionado pela intensidade da paixão entre Marguerite e Armand.

Uma vez em que fui a Paris, fiz questão de visitar o túmulo de Marie Duplessis. Conta-se que foi ela quem inspirou Alexandre Dumas Filho a escrever o romance. Mais que isso: que os dois se apaixonaram. E mais tarde o escritor botou nas páginas do romance os seus sentimentos por Marguerite.

Bonita, sensual, mas com uma aparência inocente, a jovem era filha de um camponês com uma moça que pertencia a uma família nobre arruinada, os senhores de Mesnil D'Argentelle. Sua mãe morreu quando era criança e ela foi criada pelo pai, alcóolatra. Em 1838 mudou-se para Paris. Tinha 14 anos. Trabalhou como costureira. Mas atraía imensamente os homens. Ambiciosa, tornou-se uma cortesã de luxo. Num curto espaço de tempo, relacionava-se com homens da nobreza. Quis refinar-se: teve aulas de etiqueta e dança, sustentada pelo duque de Guichê. Trocou seu nome original, Alphonsine, por Marie, que achava mais elegante.

Depois do duque, não lhe faltaram amantes. Ganhou uma mansão, joias e carruagem com cavalos. Dava festas que escandalizavam Paris, pelo luxo e liberalidade dos costumes.

Aos 20 anos, Marie conheceu o jovem escritor Alexandre Dumas Filho, de 19. Vestido na última moda, refinado, ele logo atraiu seu interesse. Apaixonaram-se.

Mas, em 1845, ele decidiu acabar com o romance. Escreveu uma carta que dizia:

*Eu não sou rico o suficiente para amá-la como gostaria, tampouco pobre para ser amado da forma como você deseja. Vamos esquecer um do outro. Você, de um nome que lhe deve ser indiferente. Eu, de uma felicidade que se tornou impossível.*

Marie partiu para a Inglaterra, onde se casou com um antigo amor, o conde Édouard de Perregaux. O casamento durou pouco. Já tuberculosa, voltou a Paris e à vida mundana. A doença agravou-se. Morreu aos 23 anos, sem dinheiro e com a beleza destruída pela enfermidade.

Apesar das influências literárias, o romance do autor com Marie foi a fonte de inspiração para o livro, publicado um ano após a morte de Marie. Nele são retratados também personagens da vida parisiense da época, como Dumas Filho reconhece no primeiro parágrafo.

Também sou escritor. Sei que cada um de nós coloca os sentimentos e as experiências vividas nas páginas do que escreve. *A Dama das Camélias* me comove profundamente porque foi narrada com as palavras que só a verdadeira paixão pode inspirar.

# Quem foi Alexandre Dumas Filho

Alexandre Dumas Filho nasceu em Paris, em 1824, e tornou-se célebre pelo livro e pela peça *A Dama das Camélias*, que escreveu inspirado em uma personagem real. Escritor e dramaturgo, deixou diversas obras, entre elas *O Filho Natural* e *Meio Mundo*. Quase todos os seus textos enfatizam um propósito moral. A fama e o talento do pai, Alexandre Dumas, não fez sombra aos excepcionais méritos literários de Dumas Filho, que, ao falecer em 1895, já era considerado um dos maiores nomes da literatura do século XIX.

148

# Quem é Walcyr Carrasco

Walcyr Carrasco nasceu em 1951, em Bernardino de Campos, SP. Escritor, cronista, dramaturgo e roteirista, com diversos trabalhos premiados, formou-se na Escola de Comunicação e Artes de São Paulo e por muitos anos trabalhou como jornalista nos maiores veículos de comunicação de São Paulo, ao mesmo tempo que iniciava sua carreira de escritor na revista *Recreio*. Desde então, publicou mais de trinta livros infantojuvenis ao longo da carreira, entre eles, *O mistério da gruta*, *Asas do Joel*, *Irmão negro*, *A corrente da vida*, *Estrelas tortas* e *Vida de droga*. Fez também diversas traduções e adaptações de clássicos da literatura, como *A volta ao mundo em 80 dias*, de Júlio Verne, e *Os miseráveis*, de Victor Hugo, com o qual recebeu o selo de altamente recomendável pela Fundação Nacional do Livro Infantil e Juvenil. *Pequenos delitos, A senhora das velas* e *Anjo de quatro patas* são alguns de seus livros para adultos. Autor de novelas como *Xica da Silva, O cravo e a rosa, Chocolate com pimenta, Alma gêmea* e *Caras & Bocas*, é também premiado dramaturgo — recebeu o Prêmio Shell de 2003 pela peça *Êxtase*. Em 2010 foi premiado pela União Brasileira dos Escritores pela tradução e adaptação de *A Megera Domada*, de Shakespeare.

É cronista de revistas semanais e membro da Academia Paulista de Letras, onde recebeu o título de Imortal.